傳古芸香

小檀欒室彙刻閨秀詞

徐乃昌 校刻

第一集
第二集

天

浙江大學出版社

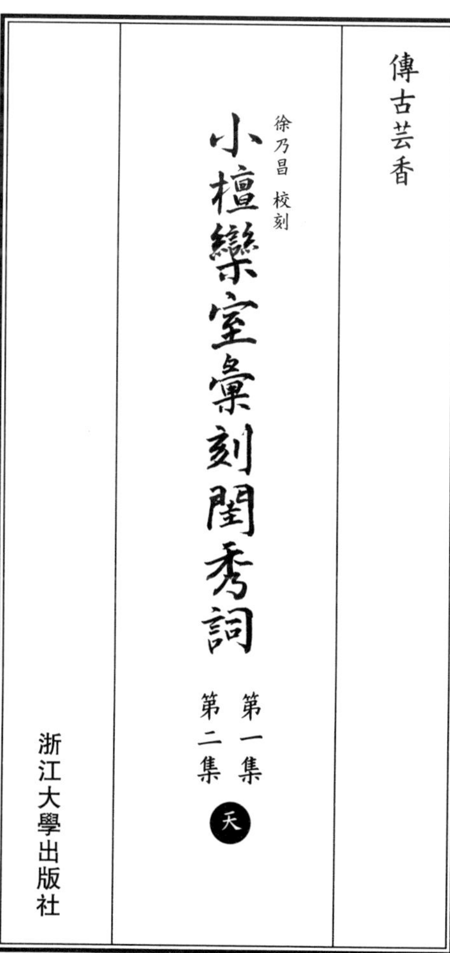

傳古樓據浙江圖
書館藏清光緒間
徐乃昌刻本影印

出版説明

徐乃昌（一八六九—一九四三），字積餘，號眾絲，又號隨庵老人。堂號鄦齋、積學齋、鏡影樓、小檀欒室。安徽南陵人。光緒十九年（一八九四）舉人，歷官江南鹽法道兼金陵關監督、江蘇高等學堂總辦等。辛亥革命後，蟄居上海，與張謇等人合夥經營實業，業餘收藏古籍自娱，與同時藏書家繆荃孫、葉昌熾、劉世珩、劉承幹等人過從甚密。徐氏精於流略之學，勤於校勘，一生校刻古籍近二百種，在近代藏書史、出版史上貢獻巨大。

徐氏編刻詞籍在其刻書事業中影響甚大，先後彙刻《小檀欒室彙刻閨秀詞》、《閨秀詞鈔》、《皖詞彙刻》、《皖詞紀勝》、《安徽詞鈔》，參與編選《全清詞鈔》、《安徽清代名家詞》，選録《晚清詞選》等。其中尤以《小檀欒室彙刻閨秀詞》、《閨秀詞鈔》兩種最爲著名。《小檀欒室彙刻閨秀詞》分十集，第一集收録十家十種十卷，第二集收録十家十種十卷，第三集收録十家十種十一卷，第四集收録十家十一種十一卷，第五集收録十家十一種十一卷，第六集收録十家十種十五卷，第七集收録十家十種十卷，第八集收録十家十種十一卷，第九集收録十家十種十一卷，第十集收録十家十種十卷，合計共收録明末及清代女詞人一百家，詞集一百零二種，一百一十卷。各集卷首冠以作者姓字里居事履等。全書第一册牌記云『南陵徐乃昌/校梓始於乙/未訖於丙申』，知其校刻工作始自光緒二十一年（一八九五），至光緒二十二年（一八九六）結束。然第一集牌記云：『光緒二/十四年/三月朔/積餘屬/張謇題』，第七集牌記署『光緒戊戌/三月張謇/題耑』，則實際上此書的校刻已超出『丙申』（一八九六）下限。金武祥序云：『（徐乃昌）於豸衣行縣之餘，燕寢凝香之暇，搜集昔時名媛傑作，得若干家，都若干卷，顔曰《小檀欒室彙刻閨秀詞》。殺青初汗，郵簡遥傳。不棄下蒭，教之加墨。』序作於光緒三十一年（乙巳，一九〇五）夏，則知此書實際校刻工作前後歷時十年始告竣。《小檀欒室彙刻閨秀詞》所收録詞人詞作，以已成卷帙者爲限，除此而外，那些僅存零章斷篇者，『又仿元詩癸集之例，凡詞之叢殘不成集者，合爲一編，曰《閨秀詞選》』（王鵬運《小檀欒室彙刻閨秀詞序》），即宣統元年（一九〇九）付梓的《閨秀詞鈔》十六卷，收録女詞人五百二十一家，詞作一千五百九十一首，另刻單行。

《小檀欒室彙刻閨秀詞》有光緒間徐氏小檀欒室刻本。一九八六年，江蘇廣陵古籍刻印社據小檀欒室刻本影印。一九九七年，臺灣富之江出版社出版鄭競標點本。光緒刻本全帙和一九八六年影印本，現在市面上都不易見到。富之江出版社標點本則魚魯亥豕滿紙，不堪卒讀，而且只收録六十家，尚非全本。茲據浙江圖書館藏小檀欒室刻本爲底本，重加排版，予以影印。

李保陽

二〇一八年四月十一日

小檀欒室彙刻閨秀詞總目録

第一集

第二集

江　瑛《綠月樓詞》一卷
周詒蘩《静一齋詩餘》一卷
周翼杕《冷香齋詩餘》一卷
宗　婉《夢湘廔詞》一卷
錢念生《繡餘詞》一卷
翁端恩《簪花閣詩餘》一卷

第三集

小檀欒室彙刻閨秀詞目　第三集
小檀欒室彙刻閨秀詞第三集詞人姓氏
顧貞立《栖香閣詞》二卷
張令儀《蠹窗詩餘》一卷
薛　瓊《絳雪詞》一卷
沈　纕《浣紗詞》一卷
江　珠《青藜閣詞》一卷

趙我佩《碧桃館詞》一卷
沈　榛《松籟閣詩餘》一卷
蔣紉蘭《鮮潔亭詩餘》一卷
趙友蘭《澹音閣詞》一卷
陳　嘉《寫麋廔詞》一卷

第四集

小檀欒室彙刻閨秀詞目　第四集
小檀欒室彙刻閨秀詞第四集詞人姓氏
莊盤珠《秋水軒詞》一卷
錢斐仲《雨花盦詩餘》一卷
關　鍈《夢影廔詞》一卷
張䌌英《澹蘜軒詞》一卷
張綸英《緯青詞》一卷
許德蘋《鰊漱玉詞》一卷

許德蘋《澗南詞》一卷
趙　芬《濾月軒詩餘》一卷
蕭恒貞《月廔琴語》一卷
陸　蒨《倩影廔遺詞》一卷
吴尚憙《寫均廔詞》一卷

第五龘

小檀欒室彙刻閨秀詞目　弟五集
小檀欒室彙刻閨秀詞弟五龘詞人姓氏
吴　藻《花簾詞》一卷
吴　藻《香南雪北詞》一卷
吕采芝《秋笳詞》一卷
陸　珊《聞妙香室詞》一卷
席佩蘭《長真閣詩餘》一卷
唐韞貞《秋瘦閣詞》一卷

錢　湘《綠夢軒遺詞》一卷
陳珍瑶《賦燕廔詞》一卷
陸蓉佩《光霽廔詞》一卷
凌祉媛《翠螺閣詞》一卷
濮文綺《彈綠詞》一卷

第六龘

小檀欒室彙刻閨秀詞目　弟六集
小檀欒室彙刻閨秀詞弟六龘詞人姓氏
孫雲鶴《聽雨廔詞》二卷
袁　綬《瑶花閣詞》一卷補遺一卷
談印梅《九疑僊館詞》一卷
朱　璵《金粟詞》一卷
熊　璉《澹仙詞》四卷
方彦珍《有誠堂詩餘》一卷

殷秉璣《玉簫詞》一卷
高佩華《芷衫詩餘》一卷
陶　淑《菊籬詞》一卷
儲　慧《哦月廔詩餘》一卷

第七彙

小檀欒室彙刻閨秀詞目　弟七集
小檀欒室彙刻閨秀詞弟七集詞人姓氏
吴　綃《嘯雪菴詩餘》一卷
徐元端《繡閒詞》一卷
鮑之芬《三秀齋詞》一卷
王貞儀《德風亭詞》一卷
左錫璇《碧梧紅蕉館詞》一卷
左錫嘉《冷吟僊館詩餘》一卷
鄭蘭孫《蓮因室詞》一卷

阮恩灤《慈暉館詞》一卷
汪淑娟《曇花詞》一卷
鄧　瑜《蕉窗詞》一卷

第八彙

小檀欒室彙刻閨秀詞目　弟八集
小檀欒室彙刻閨秀詞弟八集詞人姓氏
商景蘭《錦囊詩餘》一卷
葛秀英《澹香廔詞》一卷
劉琬懷《補欄詞》一卷
張玉珍《晚香居詞》二卷
許淑慧《瘦吟詞》一卷
錢孟鈿《浣青詩餘》一卷
黄婉璚《茶香閣詞》一卷
許誦珠《雯窗瘦影詞》一卷

吴　茝《佩秋閣詞》一卷

俞繡孫《慧福廔詞》一卷

第九集

小檀欒室彙刻閨秀詞目　第九集

小檀欒室彙刻閨秀詞弟九集詞人姓氏

朱中楣《鏡閣新聲》一卷

錢鳳綸《古香樓詞》一卷

鐘　筠《棃雲榭詞》一卷

孫雲鳳《湘筠館詞》二卷

屈秉筠《韞玉樓詞》一卷

季蘭韻《楚畹閣詩餘》一卷

曹景芝《壽研山房詞》一卷

屈慧纕《含青閣詩餘》一卷

俞慶曾《繡墨軒詞》一卷

李道清《飲露詞》一卷

第十集

小檀欒室彙刻閨秀詞目　第十集

小檀欒室彙刻閨秀詞弟十集詞人姓氏

沈宜修《鸝吹詞》一卷

葉紈紈《芳雪軒詞》一卷

葉小鸞《疏香閣詞》一卷

賀雙卿《雪壓軒詞》一卷

張友書《倚雲閣詞》一卷

孫瑩培《翠薇僊館詞》一卷

吳小姑《唾絨詞》一卷

繆珠蓀《霞珍詞》一卷

沈鵲應《崦廔詞》一卷

李慎溶《花影歈笙室詞》一卷

本册目録

小檀欒室彙刻閨秀詞

積餘屬孝胥題

南陵徐乃昌
校梓始於乙
未訖於丙申

小檀欒室彙刻閨秀詞序

詞始於晚唐盛於兩宋其初多託之閨襜兒女之辭以寫其欝結綢繆之薰誠吕女子善懷其纏綿悱惻如不勝情之致於感人爲易入然夷考其𥳑𥳑所載乃絶無閨彥詞卽兩宋頖人傳作李清照朱淑眞裒然成集外餘亦皆斷香零粉篇幅畸零觀𥳑陵周氏林下詞選所錄四朝閨秀詞合之名妓女冠才鬼不過百餘家豈爲之者少哉蓋生長閨闈內言不出無登臨遊觀唱酬嘯詠之樂以發抒其才藻故所作無多其傳亦不能遠叓無人焉爲輯而錄之亦如曹𥳑𥳑昔昜𨳝娛觀聽己耳不重可惜乎吾友徐君積餘性嗜倚聲吕閨秀詞集易

致徵佚尤篤意搜羅所藏殆逾百家近復次第授梓已成若干集得若干家又仿元詩癸集之例凡詞之叢殘不成集者合爲一編曰閨秀詞選其用力可謂勤矣今之盱衡時局者每以風俗頹敝歸咎於婦教之不修嗟乎特患無人提倡而表章之耳倚聲之學於文章爲一藝得積餘爲之捃摭收拾尚復其盛如此要能推而廣之則葛覃卷耳之風何難見於今日塡詞云乎哉質之積餘想不以予言爲迂濶也光緒甲辰雩朝臨桂王鵬運

小檀欒室彙刻閨秀詞序

桃葉晚渡蘭成勸遊東風忽來曾水欲皺積餘先生曰小檀欒室彙刻閨秀詞屬蕙風爲弁言匊奇羣玉之府騰歙眾香之國有藼皆內無聲不雙搓酥滴粉尹邢鬭虖縹緗續騷抗雅姜張媲其帚屐嘗攷倚聲總集導源虞山毛氏而於 國朝曾道扶王孫聶晉人先百名家詞歎觀止焉大雅云邈尋音未聞曷圖闕製迺船閟纂崇祚蕚閒之集采遺夫翠羽勒山林下之選闕囿於豹斑呂晉方今瞠虖逡已緊唯女美之貽寔勰我心之篤江山如画青袍結客之場蕚艸連篇白社推襟之券蕚季荏苒錦瑟無端陳迹頹印玉瓃斯在懍蕙風弁積餘

傾蓋於昔朙而素心晨夕則自乙未南轅始而郎閨秀咢琬鐫之俶落艺昔則綠字紅唫拸余藎匧脂虁壘弄之付彼橦構一瓻之耤異書渾侶荆州什襲之珍慧業詎輸蘭畹端伯雅咢之輯㝵自傳鈔遵王絕妙之咸未煩巧賺辛羊會雠奇字逾丽庚蚩婁易犇塵信芳蓋彙刻各家中若栖香顧貞立瑤雩袁綬之富於宮閨珏雨孫雲鳳寉影闕銕之窮極幼紗洎夫尺縑寸璧凡叚自蕙風而屬爲斠勘者逾全書之半焉竝世戚弆家諫積餘之嘉廁而亦各出其奇相餉遺矣好龍龍至香海沫虖珠塵過雲雲停鬘天拒其璚籟紅絲十二研染嫺暇綠衣三百霑匃膏馥月娥吐蕚鮨六瑩於霓裳星婺奐彩紛十色於

雲錦晉豔鱗萃搴芳蟬嫣環肥鷰瘦疑靚婥態周情栖
思各具姸恉珽筑迭奏非唯臺上鳳鸞莖磬龢聲可作
房中燕樂八百珊瑚之對三千瑇瑁之先雖鬱蘇异薰
繡組姝緻莫不妬畜班謙媵搗朱劉謂非溈都麟閣嫩
蔑已加奪鉞鳳杍丽無遺剿者哉矧丁清峕朗瑯黔斆
郢廓蕚秀剿柔遒化其摼桄通蓲専剿坤霧鑰其闋彼
沈擩於樂府容超冶其情襟儻易安淑眞而復生甯漱
玉斷腸之自足剿已無非無儀之訓非所論於今日而
閨秀詈未可既忽眠之艺遲楳媚音殅雪綯夜長千十
里人褭頌茱之筆江南二月家有執蘭之約方當拭拂
瑤凾循環珠字瀠薇汎其朝露擥蕙當其昔風青綾女

邱觿璲珩璜之度黃絹幼婦蒲萄芍藥之篇彼玉臺孝穆託喤引於香歘金荃溫尉儷聲綦於彤管固當歛歌娥遂搶咲嬌弄至迺卤慶斷雁魏夫人款絜緘愁僊苑幽禽阮逸女攀桃謎恨胡惠齋塵棋之詠吳淑姬岸桺之唫天空雩晚幼卿感舊之題日莫雨疏美奴送別之作雖吉光各留夫片羽而威鳳猶闕其九苞豈若連情發藻不下數千萬言清餘流徵能工二十八調曰傾國之香名爲淩波之獨步者虖秘文傲中麓之儲別有詈山曲海綺語續東澤之債何妨謳粤歈吳朱臯腮弄字䜭雩而婉孌綠嬴屛裏音比竹曰纏縣蘼蕪徑香晢人㥛聚黃雩慊捲烌黿易銷唯福慧之雙修迺宮商之叶

應指冷笙寒之坒檀溪鈿淺之閒迹其輕霧每近北宋或者穠纖上追南唐釵翹槩慷亦有蘇辛之派琴瑟于喁尤多趙筦之匹家家翠裹房絲處處鸞弦爲琯龡噞雩藥琱鋑琳瑯金絲各奏而同清蓉杏姝姿而共嫭衡其聲價明月夜光之上嬰於溫厚昔風宵雅之遺嬗芬蕤於詞苑英藪游馨藥於美人香艸麝塵蓮寸猶爲駿骨之求積餘近復編輯閨秀詞不能成帙者爲總集付梓金闕玉扃齊下蛾眉之拜光緒乙巳仲春上浣臨桂況周儀阮盦序於金陵四爲橋北寓廬之蕙風簃

小檀欒室彙刻閨秀詞序

粵稽紅箋簪筆絳珠進埒相如甥蓮徵詞青城步武王建令暉有香茗之梓陳媛有椒萼之頌从來才士半出閨門矧小令慢詞旨因調遣別裁雋語文吕情溇思綺者青縈響哀者怵厲負窈窕幽閒之質抒纏緜悱惻之忱其有不氣奪江總詞黜徐勉者哉然而衛恒不遇袁昂孰論簪萼之格徐淑未甄仲偉疇揚團扇之辭故黄昇鐫甥盦而中圭著端義披貴耳而樂怵顯翦紅刻翠甄錄尙焉積餘觀察承孝穆之芳修得秦嘉之佳偶弋鳧宜酒倒鴨拈香對月伸箋折萼弄管問字埽眉才子古義必竭搜牢徵文坦腹郎君新聲諧其昭邈既聯鑣

於閫內承偕老于詘中爰於豕衣行縣之餘燕寢凝香
之暇捜集昔名媛傑作得若干家都若干卷顏曰小
檀欒室彙刻閨秀詞殺青初汗郵筒遥傳不棄下莽教
之加墨武祥弱齡弄翰卽誤樂府妃豨老厺探懷久奪
文通綵筆旺湧延巳唱皺一池春水未免有情看吳廖
窗裝成七寶慶臺忍教拆碎炫人眼目如墮迷香愧我
鬢眉不禁忍俊手披靈笈恍疑飛燕留僊口誦雲箋勉
效徐陵作序乙巳仲夏江陰金武祥

題詞

惜餘香慢　　武陵王以敏寱湘

芬珮搴蘭銖衣散錦到眼墨雲交絢飄鐙珠箔伫月晶廋銷得藹燬鶯惋不信人天感多搗麝猶香拗蓮藕斷恁風流廿稱玉臺新序衍波傳徧　京國事井華朝汲烼水宵吟法曲紅簫親按厺秊元夜佳節重昜南宋倩寬還見昔官史館酷愛莊蓮佩女史烼水詞曾手錄一過推爲　國朝第一其馨逸不滅斷腸高邁處駸駸入漱玉之室矣豔絕珊株網闓百　平衲補㚖九華裁扇聽瑤空笙鶴風高彎外綺縠歛滿

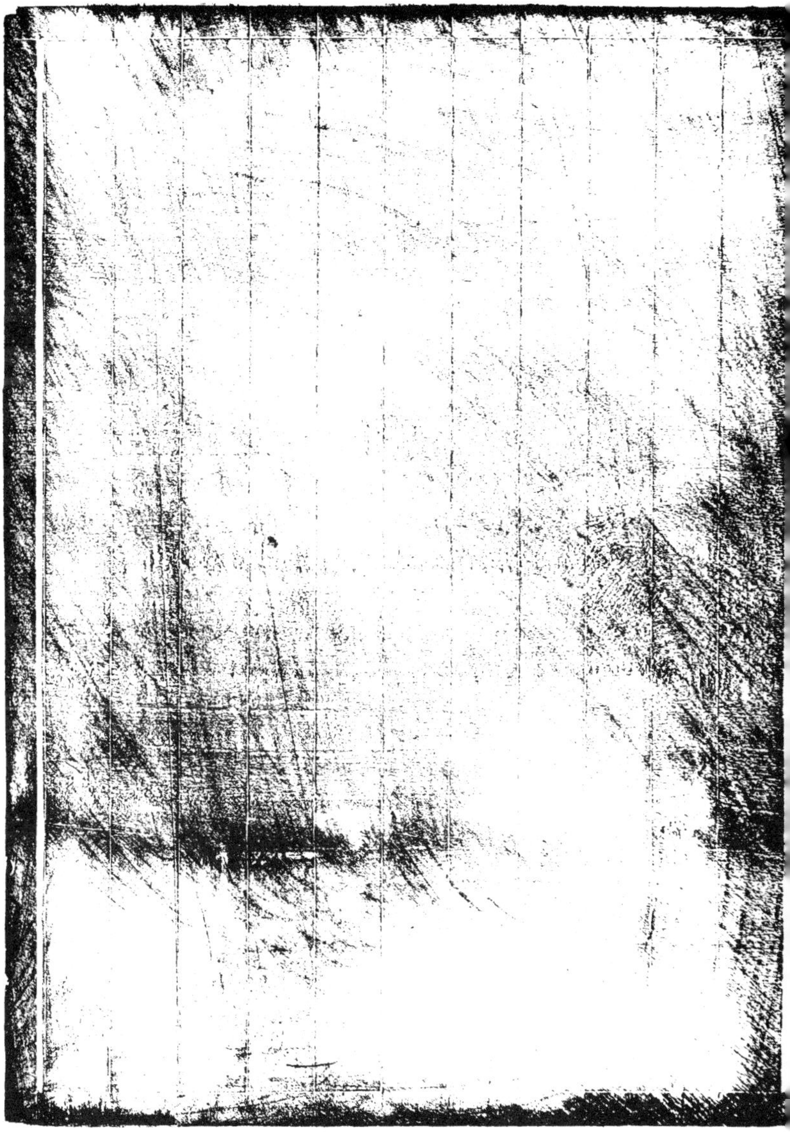

小檀欒室彙刻閨秀詞第一集

光緒二十四年三月朔積餘屬張謇題

小檀欒室彙刻閨秀詞目

南陵徐乃昌仌弥編

第一䕺

歸懋儀聽雪詞一卷

楊繼端古雪詩餘一卷

小檀欒室閨秀詞弟一集詞人姓氏

南陵徐乃昌攵犼纂錄

楊芸字蕊淵金匱人戶部員外郎楊芳燦女同邑景州知州秦承霈室幼受四聲慧辨琴絲妙修簫譜詞風美流發在片玉冠栁之間著有金箱薈說皆古今閨閣詩話

李佩金字紉蘭一字晨蘭長洲人虎觀司馬女山陰何仙帆室工詩詞吕炑贗詩得名稱炑贗詩人

顧翎字羽素無錫人顧敏恆女涇縣知縣翰姉楊敏勳室幼習爲詩兼工長短句性愛槑林顏所居曰綠槑林影慶作塡詞圖一旹名公才媛應題甚夥

孫蓀意原名琦字秀芬一字若玉仁和人孫震元女詗
導蕭山高第室舉人丙曦湖南鹽道枚之母工詩著貽
硯齋詩稾洪亮吉爲之序愛貓著銜蟬小譜
沈善寶字湘佩錢唐人江西義甯州判沈學琳女山西
朔平知府來安武淩雲繼室善畫工詩著有名媛詩話
鴻雪廔詩女弟子百餘人
曹愼儀字叔蕙新建人禮部尙書文恪公孫女雲浦侍
郎女同里顧侍郎清昕室
梁德繩字楚生錢唐人相國文莊公孫女冲泉司空次
女德清許先生宗彦室余聘室德蘊之曾祖母工詩詞
有古春軒稾

王倩字雅三號槑卿山陰人永定兵備道王謀文女同
邑諸生陳基繼室工文善畫著有問彎廔詩稾

歸懋儀字佩珊號虞山女史常熟人巡道歸朝煦女上
海諸生李學璜室工詩詞往來江浙爲閨塾師著有繡
餘小草

楊繼端字古雪遂甯人同知楊輯五女船山太守弟圭
簿張問萊室有古雪齋詩稾

琴清閣詞

琴清閣詞

敘

琴清閣生香館詞集者梁溪女士楊蘂淵長洲女士李紉蘭之所作也廊有響屧本為雅麗之區徑可采香舊是風流之地以故紅豆度曲白紵按歌鬬草藏鉤之儔調脂傅粉之侶莫不倚蕙作質將蘭為心落煙雲於頃時攬月露於尺素裁翦花葉咳唾珠玉大江之南閨閣多秀由來久矣若乃中朝世系名族令媛翩如織錦之才婉若飛鸞之貌生小侍側妙解琴聲二絃長成問名能賦玉臺一體靈珠抱其徑寸慧業具於三生者尤可得而言焉蓋蘂淵紉蘭者楊蓉裳李虎觀二先生之淑女也名人之子雅愛唫詩不櫛之士更工按拍世有姻

舊時相過從每至金閶春明荻塘秋曉三五之月流耀弟二之泉瀉聲結伴淪甌聽雨翦燭振佩鳴釧刻羽引商此如弄秦女之簫彼則擫湘妃之瑟此如陳女媧之瑟彼則奏雙成之璈交唱疊和設色選聲譬入廣寒之宮聆羽衣之曲洋洋焉盈盈焉靡可得而軒輊也顧藥淵家似鮑姑閥比班氏老親幼弟蔚爲哲匠諸姑伯姊亦稱宗工柳絮之吟無輟於佳日花萼之集有輝於閨中滄海一洲盡見麟角丹山萬里俱爲鳳聲勝事愜心高風悅志故其爲詞也若春雲之在空似惠風之拂樹姓絲微颺鳥韻乍和羣卉弄香衆蘤揚馥悠然怡人情也而刱蘭則自爲新婦遽賦遠征從公子而侍親指長

天而寫怨衛女思國常感念於淇泉班姬悲秋益欷歔於紈扇永夜還家之寢何處望鄉之臺銀釭在手而鮮歡金縷發音而長歎故其爲詞也若木葉微微哀蟬始鳴孤雁叫雲寒蟲咽砌收衆響之瑟慄并萬態之蕭索不無愁歎之言惟以蒼涼爲主此則所謂調無伯仲遇有差池者也或者遂以爲歡娛難工窮愁易好準此而論不無紕繆予謂不然鶯燕之遇陽春草木之逢素節飛語自得搖落詎知佛土之國極樂人間之天長恨要以異曲同工殊塗共軌譜之笙簧而可詠被之金石而足歌斯堪尙耳夫赤壁大江曉風殘月作者異境賞者異好然羅幃女伴繡幕風光止以抒遣性情揮灑興會

必使操鐵綽板除玉連環有擊筑擲缶之風無拂草依
花之致茲又乖其面目無當體製者矣予昔居京師曾
識紉蘭之母倪夫人尚未知蘂淵與紉蘭爲同心友也
適夫子自錦城歸蓉裳先生以此二集屬夫子命予爲
敘予雅非知音豈嘗顧誤念昔少日曾聽紅杏之詞迨
今晚年空坐靑綾之障實有愳於壇坫莫能究其委原
聊爲弁言道厥崖略庶覽者知娘子之軍可以獨當一
隊美人之賦眞堪並壽千秋云爾嘉慶甲戌孟秋月上
澣碧雲女史彭氏儷鴻敘

琴清閣詞

梁溪楊芸蘂淵譔

菩薩蠻

春閨

東風何事多輕薄。梨花又逐桃花落。小步下蘭階。紅沾金縷鞵。　雨絲吹裹溼。窗外春雲黑。莫勸餞春杯。荼蘼尚未開。

浣溪沙

前題

雙燕歸來語不休。風前柳絮弄輕柔。梨花更作十分愁。　鬬草池塘何宲寞。傷春人倦嬾梳頭。任他紅日上簾

如夢令

前題

隔院黃鸝聲近午夢瞢騰初醒放下水晶簾一檻明波相映無定無定飛絮遊絲交影

探春慢

春曉賦春聲

漏箭初殘芸窗漸曉春聲百種先應瑤鼎香消畫慶人倦睡起峭寒猶凝迴廊簾盡捲聽穿綠雛鶯聲近草芽青遍芳郊春歸幾番花信　脈脈閒愁無據更誰倚玉簫催遞吟興闌畔嬌鶯梁閒憨燕輭語商量不定一樹

香桃豔作彷佛明妝端正戛觸金鈴卻愁薄莫風緊

點絳脣

己未清明前一日寄顧羽素表妹書賦此卽書於後

畫閣無人深深窣地簾下燭花紅卻夢醒春寒夜遠道緘書空把離愁寫更深也月來窗罅一樹棃花謝

清平樂

榆錢

東君暴富鑄出青無數砌角落花圓欲妒認是誰家寶樹　日斜片片爭飛隨風點上春衣換得半囊鸎粟買他一笑薔薇

虞美人

春日偶成

海棠花發留春住春也無心去怪他風雨苦相催試看亂紅萬點撲簾來　春愁脈脈渾無據窗外聞鶯語勸儂把卷暫徘徊過了清明又有牡丹開

埽花遊

綠陰

嫩夝臺榭漸翠幄陰陰障來如許新涼初度記前宵曾灑綠天疏雨午𥨊圓時庭院晝長無暑微吟處覺靜裏冷香飛上詩句　彈指春已莫只巷尾籠青檐牙瀉露年華暗數更雲暝煙昏幾回延佇覓遍餘香一片愁迷

空廡渾不語正斜陽濃妝那樹

踏莎行

息園

窣地簾波綠陰深處穿花燕子雙飛去名園亭榭似江南白蘋香近紅橋路　悄背東風流光暗數舊愁新恨渾無據連朝細雨落還休嫩夝屋角春鳩語

采桑子

四時詞

夜涼璧月團珠露簾捲玲瓏可耐東風吹落燈花黯簷紅　沈檀小炷渾無語悄悄疏櫳薄霧輕籠春到緗桃第幾叢

銀塘一帶盈盈水淺映紅霞柳影風斜灘鶒飛煙落藕
花　簾陰小坐迴團扇翠蓊雙釵涼暈單紗曉試新妝
玉辟邪

瑤階露溼香蘭瘦今夜新涼閒凭迴廊數盡秋更細細
長　竹梢曉挂西南月疏影橫窗煙澹瀟湘小簟隨風
度畫廊

玉梅花底彈棋坐容易斜曛冷透仌魂細蓊豐貂護鬢
雲　檐牙玉筯琤琮墮靜掩重門香灺燈昏月轉明螺
碧一痕

蜨戀花

奉褱三嬸母

柳外鶯啼聲嚦嚦桃李開時已過清明節獨倚畫闌人
宋宋愁腸不解丁香結　二十四番風信急空繫春旛
難護花如雪遥望巴山雲似織好憑鳥使通消息

菩薩蠻

送春

落花片片紅難定東君偏做銷魂景燕子不知愁偎人
語未休　春光留不住畢竟歸何處庭院李花香風吹
簾影涼

高陽臺

曉起書褱

乍試生衣猶敧單枕曉窗清夢初殘香篆縈青重扉静

掩雙鬟嬌癡鸚鵡玲瓏語喚雲英移近闌干卷疏簾翠雨如煙一片迷漫　瘦人天氣人憔悴任脂薷粉膩明鏡慵看燕子來遲小廔空貯春寒閒愁只在垂楊裏被東風吹上眉端凭几妝臺細字蠶瞑寫遍仌紈

生查子

秋夜感褱

瑟瑟助秋風點點驚秋雨窗內有愁人莫種芭蕉樹　寱醒剔殘燈衷薄涼如許深夜惱寒螿也作悲秋語

菩薩蠻

秋晴書示浣薌大弟

嫩涼天氣新晴後彎彎月上疏隄柳久病未開簾新秋

一雁邊　海棠花自好人怨西風早斂枕數寒更薄幃鐙半明

點絳脣

秋日思鄉

雨歇疏桐晚蟬一片吟煙篠秋情儘好籬角寒花小半晌無言鄉思縈褱抱空庭悄單衣換早滿地西風峭

虬箭丁東一天涼暈驚秋口捲簾新月花影玲瓏入細數歸期又近重陽節愁如結滿城風色砧杵催寒急

南歌子

月夜病裏書感

勻淚攲珊枕尋詩拂錦箋晚涼如水浸明簾低漾一層

花影一重煙　蘭露飄殘月桐陰罨畫檐藥爐聲沸夜無眠祇覺年年多病是秋天

洞仙歌

題雪豔圖

琉璃窗牖愛橫斜瘦影小伴華髮晚妝靚看玉煙染寰翠羽迷愁微茫裏寒壓一闌香暝　珠萼才半坼待畫雙蛾低鏡玲瓏巧相映曉角萼輕吹凍雀聲中好約住小樓春信算標格眞應住瑤京看銀地無塵兎華千頃

鵲踏枝

壬戌花朝後二日喜李紉蘭妹過訪作此奉柬

記得玉蕤煙小颺薇露香濃好句頻吟賞此日靑絲牽

步障瓊枝自愧秋葭傍　林下高風眞散朗冷淡相看標格疏梅上縹緲銖衣天際想玉臺可許賡新唱

小凭迴闌春晝永爲洗仌甌濃緑烹香茗慧業三生今又證依稀翠水曾相認　已過花朝春未醒潦草春風紅減花多病獨夜怯尋梨㝱冷思君吟瘦缸花影

醉太平

題湘芷弟老松圖

煙凝翠梢霜封玉條空中天籟調刁任經冬不凋　盤根蟄蛟虬枝挂猱丰姿似阿龍超看高淩斗杓

江神子

陳雪蘭大姊幽篁團扇圖

數叢脩竹淨娟娟戛明玕露珠圓滿院涼煙如水浸檀欒正是玉人凝竚處秋影瘦不勝寒　六銖衣薄飇輕紈晚妝殘思無端移得一痕濃翠上眉山縹緲仙姝天際想標格在綠雲間

聲聲慢

三月望前一日紉蘭妹招同雪蘭大姊蘅芳三妹暨畹蘭五妹看海棠賦此索和

明波斂碧纖雨飄香佳遊好是今朝膩粉嫣紅閒園共鬭春嬌朦朧海棠睡醒試新妝豔態難描簾影外看幾絲垂柳綠到無聊　知否韶華晼晚怕流鶯憔悴坐老花梢昨夜闌干厭厭瘦盡香桃相看共饒鄉思語家山

煙水迢遙風正緊任飛紅吹過小橋

齊天樂

紉蘭見贈琉球箋賦謝

文窗煙暝靑禽語蠻箋擬傳蘭訊細砑銀光輕勻雪浪翦取海天雲影一緘攜贈算最愜金閨惜花心性寫遍蠶瞑紅鈐小印涴檀暈　夢回展餘幾幅向墨花簾裏漫譜淸韻硯試麋丸燈挑鳳腦新句記愁難穩圓蟾窺鬢待吟瘦春魂露桃香暝倦擘烏絲焙茶消夜永

浣溪沙

題吳蘭雪新田十憶圖

柳影風絲拂綺闌持觴爭奉北堂歡鵲爐香煗繡屏閒

小院輕寒、偎碧樹膽瓶新水映紅蘭不禁惆悵憶家山

花院奉觴

記取文窗覓句遲淺寒吹戶落花時更無人處耐尋思旋拂香牋書豔字漫拈紅豆譜烏絲未妨閒事早鶯知

草堂覓句

微步方塘印淺泥輭風吹皺碧頗黎菭痕延綠上漁磯蘋葉涼生春渚靜芹絲香潤水雲低俊遊曾到若耶溪

柘塘春步

百尺高桐墜綠鮮璅窗曾共理芸編雙珠爭說孟家賢露暝疏簾涼似水葉低幽幌碧於煙青衫消瘦伴吟蟬

桐屋讀書

殘日登臨望遠賒石林開遍瘦松花閒看野鳥落雲沙澹寫蠶眉橫曉黛寒拖魚尾散朝霞杖藜歸去葛巾斜

蘇山秋望

小坐落茵伴翠翹幾叢秋影寫芭蕉煮茶聲裏語無聊涼沁花瓷浮綠雪香分雲葉裏紅綃一痕新月小窗寮

蕉陰茗話

曲曲林扉枕淺流中吳煙水澹宜秋盟蘆合伴舊沙鷗風急石橋飛木葉暝生柳浦隱漁舟晚殘聽徹采菱謳

石溪鷗伴

牛背斜陽黯淡紅長雲弄晚渺天空醉霜淺葉落丹楓一遂孤秋橫綠野半山疏籟聚煙松蒼寒喬木畫圖

中

牛坳吹篴

野隴寒梅鬪淡妝尋詩茸帽染新霜是誰輕翦白霓裳
殘月籠煙嚥翠羽春星照寥隔銀牆短籬風細出疏
香

煙隴探梅

綠滿平疇野色侵泠泠石溜響疏林幽人蠟屐愛行吟
瓜架涼多含宿雨稻塍香重護輕陰一陂淺翠暝煙
沈

稻田聽水

風入松

蕉葉整琴圖

紅蕉瀉露溼蘭襟曉起理幽琴瀟湘一曲翻新譜滿園
亭都是秋心彈淚么絲香凝纖愁綠玉痕深　幾番疏

雨翠煙沈爽籟散雲林蕭蕭絡緯添涼韻弔秋魂悄步花陰次弟轉將瑶軫和他碧樹青禽

生查子

送春同紉蘭晥蘭作

無計慰春愁把酒邀君語簾外落花風驀地催春去垂柳畫橋陰嫩碧驚疏雨春意也闌珊怕伴愁人住

前調

索紉蘭和送春詞

春草碧如煙莫是春歸路細雨織疏簾獨坐愁無語淚眼認春痕點點飄香絮翠尾小蜻蜓穿過花陰去

和作　　王長生晥蘭

杜宇一聲中怪爾花無語宛轉告愁魂且是隨春去
樓外映垂楊翠滴絲絲雨芍藥嚬將離怎肯留春
住

蘇幕遮

紉蘭以葬花圖屬題

曲屏閒深院靜新綠如煙煙外涼雲瞑纔見餘英紅玉
瑩一霎東風瘦盡春魂影　把雅鋤穿蝶逕脈脈相憐
人與花同命淚滴香墳殘夢冷誰更憐儂薄慧翻成病

清平樂

納涼柬雪蘭姊

茶香浥浥花乳盈甌碧露卻如煙吹東溼天澹星痕欲

滴　胡牀滑簟涼生睡餘忽聽瓶笙仿佛一池秋雨風吹萬柄荷聲

臨江仙

夏夜偶成用宋詞均

嫋嫋輕風吹竹樹依稀天際聞笙未秋先已送秋聲愁人偏易感無語怨漏更　卷起疏簾看夜色一鉤殘月空庭銀河澹澹斷雲横蕉衫煙漾碧涼影閃流螢

菩薩蠻

題蓮趺大伯蓮舟圖

莊嚴慧相參金粟一杯香海波摇綠穩坐妙蓮華何如貫月槎　天花無著處散作曼陀雨一瓣漾明流人疑

太乙舟

金縷曲

送畹蘭歸吳江

往事思量否最難忘踏青期近弓鞋同繡鬭草尋花鶯蝶廫小燕呢喃如咒怎一霎雨僝風僽腸斷臨歧無一語只唬痕萬點沾衣透空彳亍把衫衷　離愁脈脈濃於酒最無情淸秋殘照兩行疏柳行矣長途須自愛莫共黃花爭瘦算楓落吳江時候煙水歸帆安穩到寄雙魚慰我眉間皺家山約盼攜手

蝶戀花

新秋

一院新涼花氣馥乍試生衣簟影明秋玉砌畔寒蛩吟斷續流螢點破苔痕綠　燈穗和煙飄簌簌涼月多情移近闌干角午夜秋聲高過竹碧窗小篆風吹覺

鬢雲鬆令

和紉蘭妹均

煮新茶消夜永風過花梢露滴鸚哥醒斜月窺人穿曲徑一桁湘簾波漾消魂影　篆煙殘蓮漏靜淸淺銀河秋近明如鏡小擘蘭牋吟未穩點注霜豪滿硯流雲冷

菩薩蠻

秋褱

西風吹盡殷紅色庭前只有無憀碧瘦蝶也堪憐癡魂

斷冷煙　砧聲何處急寒意催刀尺吟罷月侵廊秋更故故長

定風波

梁溪詩冢圖

畫裏家山碧一痕亭亭瘦影遠連雲萬點落花紅似雨香土此間眞合葬詩魂　終古靈光長不滅殘碣定生金字照落紋哀墼無光泉暗瀉潑夜淒涼鬼語唱秋墳

洞仙歌

姑母鄒夫人邀賞桂花

明蟾屋角照清陰如畫羅裏飄來暗香惹愛葉分蛾綠藥染宮黃端相處可是廣寒飛下　晶簾剛半卷紅釀

頻傾卻憶江南共情話彷彿小山秋露腳吹涼看金粟垂垂低亞且把瓊花前儘俄延怕回首堂東星辰昨夜

踏莎行

顧眉生桃花小幅

銀鏡朝霞璃壺別淚搓酥滴粉天然媚細腰宮裏露華濃曲闌斜倚人微醉　照眼波明吹香雨細翩翩鳳子尋春至如花人去幾多時紅鈐好認橫波字

百字令

寒夜生香館同紉蘭妹話感

蕙爐煙裏避尖風掩上雲屏六幅翠褏不禁寒料峭欲倚㪅無脩竹硯結輕冰燈搖淺暈瓦鼎茶初熟遙空一

碧照窗華月如燭　話到身世淒涼閒愁宛宛都上眉

山曲況是天涯搖落候霜翦一庭衰緑已抱冬冬心猶牽

秋緒悵惘流光速相憐瘦影膽瓶數朶殘菊

金縷曲

送李湘芷大弟就婚蔣氏吉期上元後一日

小語匆尼喜報星橋天風吹度飛仙環佩恰好良宵春

豔婉墨會靈書題字仗玉鳳殷勤傳意通體花光看不

定認丰姿可似青溪妹香袓靦繡巾膩　九華燈下新

妝麗步瓊臺團圞二八月華明媚露井桃開紅滿鏡掩

映美人雲氣正畫閣遠山橫翠十樣宮眉京兆譜倩郎

君彩筆描來細芙蓉幌好雙倚

渡江雲

爲虎觀二丈題梅梁漁隱册

舊遊何處覓，仌綃尺幅，澹碧寫湖天。湖平詩意遠，覓箇青簑，小艇泛涼煙。生香不斷，訪梅花、戴雪鑪邊。有數點素鷗迎棹，彷彿石湖仙。　他年鱸鄉村樹，遂得初衣，佳景堪留戀。須重向溪陰種柳，岸曲栽蓮。一帆遙指瀟湘浦，憶吳艭聽雨閒眠。然楚竹，且分石鼎清泉。時赴永州司馬之任

東風第一枝

癸亥元旦喜雪，邀紉蘭同作

鳳蠟燒殘，鶤笙炙罷，豔雪瓏瓏催曙。畫闌玉戲爭妍，粉鏡梅妝添嫵。裁雲翦水，才幻出、滿庭花霧。怪謝家摹擬

難工喚作因風吹絮　正百福香圖索句叟七寶琳華

堪賦壓枝瓊蘂齊開按拍霓裳試舞銀籌斜倚恰一縷

麝薰微炷認迷離空外春痕只在六花多處

鬢雲鬆令

春感同紉蘭作

掩青簃彈粉淚滿地蕪香一縷游絲墜待畫新愁創樣

改弱柳多情緣上流鶯背　炷殘香消淺醉風信更番

催到紅窗外閣雨春陰濃似黛薄暖輕寒好倩花枝耐

虞美人

褱畹蘭

璚鋪靜掩春雲葉一片玲瓏月照人何事別愁多不管

箇儂憔悴損雙蛾　無憀細憶年時事共作留春計最憐小妹忒嬌癡戲捉棲香蝴蝶繫紅絲

百字令

雨中春恨同紉蘭賦

錦鳩呼雨把春痕吹溼綠蕪天遠人倚雕闌寒料峭不放廔陰簾卷瓊葉凝愁翠綃緘恨脈脈含凄怨初番風信緗桃煙外香輭　最憶少日情懷蠻箋癡寫彈指年華換迢遞江南迷望眼萬疊霧屏雲幔茂苑苔㴱吴宮花冷誤卻雙歸燕明朝姓未斷紅飛盡難管

前調

和紉蘭春夜聞雁

蘭釭搖暈正房櫳悄悄畫屏塵滿長夜雁聲來枕側中
帶江南新怨舊苑鶯殘遙汀鷗散料也無佳伴羨君歸
早燕鬭草碧如染　我亦身世淒涼難成鄉夢抱影吟
孤館細雨蘼蕪江岸闊回首不勝銷黯古瑟彈久閒簫
裂玉簾隔春星遠月華全黑一繩風外吹斷

大江東去

二喬觀兵書圖用坡仙均

英風俠氣笑蛾眉也似江南人物妝罷韜鈐書對展緑
字香生椒壁手握靈珠胸藏慧劍俊眼光如雪同心借
箸奇哉兒女人傑　難得姊娣齊肩瓌姿相照並蒂雙
花發一縷爐煙噴鵲尾仿佛陣雲明滅人已飛仙事經

塵刼凋盡姮娥髮抽觴弔古吳宮何處新月

金縷曲

碧城仙寱圖

寱到仙靈境敞瓊扉高寒無際水晶盤迴依約碧城秋影外一片琉璃光瑩照清淺銀潢如鏡露脚絲絲鸞背滑怕天風涼透吟魂醒捫珠斗度瑤井　紅霞縹緲看難定怪玲瓏闌干十二夓無人凭何處玉笙吹一曲簌簌飛香滿徑經幾度碧桃煙暝好展琅玕箋百幅儘三山舊事閒題詠銀豪點墨花冷

齊天樂

七夕紉蘭招雪蘭蘅芳蓉清蕙如集生香館分

題得曝衣廋

紅樓十二闌干曲溪溪曝衣庭院時樣裁縫稱心顏色細認舊時鍼線涼生團扇悵疊卻方空薄羅新換茸檢榴裙隔年猶有淚痕泣　蘭期共設瓜果約飛瓊彩伴作意消遣遠道音書寒閨刀尺能數幾家淒怨月華如練漸砧杵西風鳳城吹遍熏罷銀篝且教秦女卷

臨江仙

同紉蘭四妹作卽呈雪蘭大姊蘅芳蓉岑兩妹並褱顧羽素表妹無錫王畹蘭五妹吳江

記得深閨邀女伴相逢又早初春悄悄小語伴黃昏茶煙靑繞檻簾影綠於雲　行向花陰同覓句擘牋細寫

同文最憐小妹太憨生戲拈雙蛺蝶替樣畫羅裙
記得𢉖同敲角枕文窗微裊斜絲關情最是五更時海
棠風一翦寒暖早鶯知　蝶子輕研深淺黛起來慵畫
雙眉日痕紅過曲闌遲雛鬟持粉箋微笑索題詩
記得踏青期近也漫空朝雨生寒故園迢遞隔煙巒燕
香門外路引𢉖到江干　塵滿湘琴憐宋寶天涯春事
初闌殷勤拂東叜重彈思歸三十曲雙璪玉連環
記得筆牀香一瓣輕籠檀暈淒迷憐花書遍懊儂題伶
傍花外立橫影上春衣　向晚瓊匳妝半嬾嫩涼障東
風低送春特到綠窗西多情留月住疏柳夜烏啼
記得才逢櫻筍候生憐瘦減桃花從教閒日好遨遊敵

殘雕玉局鬪盡鬱金芽　窣地薄寒風料峭博山殘篆
斜斜稱身衫裏翦輕霞卷簾迎宿燕凭檻數昏雅
記得追涼風拂鬢曲池細漾明流圍香畫閣似扁舟露
斂紅萬柄淸韻到茶甌　掩映銖衣紈扇小窺人新月
如鉤碧山煙暝雨初收妒羅雲影薄空外一痕秋
記得異書曾賭讀分鐙同傍妝臺就中誰似謝娘才暗
將難字識故意教人猜　珍重寶函裝玳瑁牙籤甲乙
親排紅鈐小篆壓香煤書逋償未了相約典金釵
記得鍼神同學繡繡牀恰並香肩天生慧性可人憐翻
新花樣巧枝葉十分姸　傍含濟尼邀禮佛玉爐小炷
檀煙買絲辛苦繡金仙莊嚴瞻法相十指見靑蓮

記得髫年攜手處紅橋畫舫蓉湖別來蘭訊未曾疏新
詞牋百幅錯落贈明珠　竹北花南香伴少近時標格
誰如清心一片映冰壺顧家新婦好得似小姑無褭羽素兼
調蘭塘弟婦

記得長宵妝閣畔素蟾才上雕櫳明螺榻子一燈紅玉
梅初破蘂香影最玲瓏　鬭酒頻拈蕉葉琖頤渦早暈
夫容兜鞵微步小庭中遲暝貪坐月薄醉愛臨風

記得飛瓊辭我去潞河煙月歸艘苦吟金縷對銀釭清
思抽乙乙紅淚滴雙雙　聞道常儀初嫁了瑤臺環佩
琤瑽何時話雨□□窗寒衾顛倒寱楓落憶吳江憶晚蘭

記得釀寒過二月雯闌石葉香焦閒將韻字帶愁挑寄

情憑綠綺緘怨付紅綃　拾翠尋香裏舊侶汀洲何處

蘭茗天青海碧路迢迢不應耽慧業此恨幾時消

風入松

秋夜聽若瓊姊彈琴用紉蘭均

桐枝絃澹篆煙青人靜漏聲沈茜窗月影寒生暈訶商

風吹滿疏林似此星辰好夜恰宜人雪清襟　雁南飛

去有遺音萬疊楚雲深沙明水碧瀟湘路一羣羣齊落

江潯曲裏泠泠幽韻天涯渺渺離心時彈平沙落雁一闋

生香館詞

生香館詞

生香館詞

長洲李佩金紉蘭譔

十六字令

雨夜

暝，點滴空階斷復連，難消遣，風雨落花天。

如夢令

春暮

夢覺綠窗天曙，燕子簾鉤私語，報與惜花人，一院落紅飛去。春去，春去，九十韶光無據。

醉花陰

寄許林風庭珠姊蜀中

强把瑤徽消永晝香爐添金獸對此莫秋天別緒離情贏得人爭瘦　㝱囘宋宋殘燈後淚早盈衫裹明月望關山何處相逢絮語重攜手

青衫溼

題潯陽送客圖

半帆冷月空江白楓荻晚煙橫歸鴻無數鄉心幾許如此秋聲　尊前掩面淒淒切切細數生平琵琶哀怨青衫憔悴一樣消魂

月華清

望月感褱

久雨新晴銀河澄練盈盈一水清淺雲吐仌丸獨倚曲

闌干畔情無限碧海青天愁如繭并刀難翦誰見正雙眉蹙鎖淚痕劃面　素魄窺窗幽怨恨小院無人疏簾乍捲别有傷心寬褪舊時金釧祇贏得夜冷歸瞑怯羅衣露珠點點輕嚬恐凄涼瘦影短檠摇斷

清平樂

莫春午睡瘦許林風姊醒後感作

榆錢柳絮春去愁難去簾捲玲瓏天欲莫醒後驚疑何處　可憐月魄花魂無聊怕到黄昏倚遍闌干十二離愁約上眉痕

鷓鴣天

春閨

曉起心慵對鏡前子規嗁徹落花天病中爲怯東風峭不捲珠簾鎮日瞑　人悄悄思綿綿緑楊溪鎖一谿煙供愁夜半中庭雨滴破吟魂到枕邊

梅花引

卽景

澹煙籠碧簾櫳一縷爐香細細風畫廔東月如弓來與肩峰兩下鬬玲瓏　流鶯枝上春將去杜鵑聲裏魂何處意無窮句難工小立花叢含愁數落紅

蜨戀花

莫春雨中感作

蜨㝱驚殘花已誤怨紫愁紅忽忽成香土長日愛暝宵

不寤無聊覓句教鸚鵡　簷網留春花絡住掠斷游絲
玉翦雙飛去杜宇聲中愁幾許濛濛落絮和煙雨

前調

閨情

隨意拈豪消永晝兜裏愁心怎奈眉峯皺時節落花人
病後重簾不放東風透　鏡裏年來非是舊綠暗紅稀
人亦成春瘦一夜無情風雨驟呢喃燕語如私咒

浪淘沙

寄褱林風

抱膝擁香篝數盡更籌綠波青草憶儂不多少相思離
別語欲寫還休　燈火獨窗幽新月如鉤花魂蝶影暗

牽愁風雨連朝春去也何計忘憂

采桑子

月夜

低垂簾幙人聲悄睡鴨香温瘦影公魂窗外梅花月一痕　別離滋味誰能說斜倚銀屏煮罷鶤笙虬箭丁東卻二更

西子妝

題美人曉妝圖

曉氣如煙春寒似翦好寱鶯聲嚩轉一番情思倦懨懨拂菱花碧紗窗畔畫眉人怨會否念鏡中嬌面鑠雙彎多少閒愁怨歸來始展　東風嬾不到天涯那有魚和

雁瘦腰無力倚廔臺掠雲鬟怕撻纖腕鬢釵斜罥記當日花枝輕撚指尖尖笑染黛痕淺淺

眉嫵

新月用宋王碧山均

乍黃昏庭院驟雨初過銀浦葬雲暝撩起閒情緒開簾拜一彎斜過虛逕曲闌倚穩逗眉痕如許離恨蹙雙蛾悄向花閒立夜涼怯衣冷　爭奈愁心難問又無端照我憔悴鸞鏡骨壓絲兒瘦帶圍減怕消三五圓景碧天路永盼那時盈滿重正此際黯消凝扶上秋千墻影

瀟湘夜雨

題葬花圖

雨雨風風花花草草一番春寤誰憐濛濛庭院絮如煙
多化作彩雲飛散閒凝盼底事纏綿䕒愁地埽將舊恨
付與𧈧鶗　瘦人天氣落花時節似水華年想箇儂病
起悄立闌邊判幾許淚珠緘裏知多少綠怨紅殘游絲
裊韶華難綰幽思上眉彎

減字木蘭花

夜雨書褱

雨昏燈暝窗外芭蕉敲寤冷點點聲聲故擾愁人睡不
成　更深夜永一線餘香搖瘦影舊句低吟不是傷心
不要聽

琴調相思引

題美人整琴圖

雪影條條裂一痕夜寒誰與訴秋魂仌絃欲整惆悵又還停　何處西風吹㝱冷涼絲坐向鬢邊生回腸縷縷難續此時心

露華

殘月

星疏雲斂正蓮漏將殘樹影低轉忽逗惺忪依舊一痕秋淺憐渠那忍先暝夜夜照人清減還知否眉梢恨多偏是儂見　小庭暑退紈扇便誤拜浚浚香裊心篆爭奈一回憔悴一回長嘆賸得前度閒愁挂在寶簾銀蒜羅衣冷花魂和㝱銷黯

一葉落

窗外芭蕉兩叢其一既枯復茁雨後遂萎賦此以弔

一葉落寱初覺今宵聽雨不如昨薄情怯眞寒秋魂飄無著飄無著敲破聲聲柝

卜算子

秋閨

殘月度簾鉤秋寱和花瘦牆角猧兒吠夜分天碧斜珠斗　手熨舊羅衣可似眉間皺數盡淸宵細細長坐對燈如豆

愁春未醒

題美人枕書圖

春魂愁鎖不許游絲牽引只無奈滚叢蝴蝶約住芳魂香霧模黏撲簾花氣作黃昏東君知否生來識字卽是愁根　倦掩道書除非夢裏覓箇分明那得游仙容易一霎瞢騰眼尾低垂朦朧合了又還醒卷中紅淚相思粒粒好認嗁痕

風馬兒

本意

夜涼如水掩秋屏聽風也錚錚雨也錚錚攪亂愁心那得夢兒成耍耍　低垂羅帳擁桃笙見燈也冥冥香也冥冥斷續蛩音不住耳中聽聲聲

秋宵月

夜坐病裏有感

孱山寱醒見一點缸花何搖秋影聽砌邊嘑蟹暗吟聲歔漏迢迢無人處別有閒愁誰省坐瘦爐香燈暝　半丸月冷偏照我西窗者番幽病如水虛庭涼露垂簾浸幾孤負良夜景恁般淒悶冉冉魂絲風前無定

菩薩蠻

題佛手便面

香圓花出纖纖手佛前曾許拈花否堪愛指玲瓏柔荑一握同　兜羅愁幾許名重羣芳譜幻悟掌中過靈光夜有波

酷相思

紅豆

粒粒珊瑚金盒貯正別緒腸千縷幾猜認東風梅蘂吐人道是春何苦春道是人何苦　記怨曲頻拈纖手數欲寄與天涯阻向窗外輕調鸚鵡語花道是鵑嗁雨鵑道是花嗁雨

惜分飛

楊柳牽愁情萬縷雲外征鴻遠度別㝱隨風去煙波一棹江南路　蘆荻蕭蕭明月浦做出秋聲幾許不管離人苦此時欲語偏無語

繡停鍼

題陳蘅芳三姊倦繡圖

小院靜見輭日烘花鶯梭織錦檢點芸匳淺碧深紅無力繡牀斜凭葉遮蓮映刺一對鴛鴦棲穩絲絲欲整還停霎時柳暝花困　愁春淸晝永聽杜宇枝頭聲聲離恨翠羽籠窗鸚鵡簾前低誦儂詩乍醒金錢怕問卜不出天涯芳草王孫歸信遠山斷煙靑迴

剔銀燈

詠燈

可奈黃昏時候裊裊香縈金獸翠帳侵寒雲屛搖景一點疏花欲溜含嗔輕敂問小婢風簾下否　獨背銀釭枕手只解照人僝僽卸髻將暝拈豪又起長夜撥殘紅

豆爲誰孤瘦聽滴盡更更玉漏

鳳凰臺上憶吹簫

憶別用漱玉詞均寄林風

花灺銀釭香縈篝篆唾橫金鳳搔頭見一絲殘月冷浸瓊鉤試問嫦娥知否欲無愁有我難休算箏柱年華未到幾度春秋　今休飛颺蝶癡奈不識江南煙水迷留望碧天如鏡怕上層廔記得那時分手到此日淚尚盈眸更何處聲聲玉簫譜出離愁

金縷曲

仲春四日以詞代柬寄林風姊于松江

斗室青燈夕釀花天濃陰如墨韶華堪惜何事春來秋

又去絮亂蓬飄蹤跡回首處煙波遥隔蝴蝶不來香廡
杳照儂愁一線彎彎魄疏花溜篆香熱　愁多翻道心
兒窄洗殘妝淚珠鏡汐柔腸暗織花氣迷離春影瘦裏
抱離情千疊檢那樣深愁寫出悄屬東風飛燕子寄相
思來往傳佳什須鄭重春消息

江城梅花引

口琴

悄無人處響琤琤月低沈瀾低沈手撥一條仌柱訴芳
心舌叶宮商櫻顆破倚雲屏歷更更剔短檠　短檠短
檠峭寒侵釵影橫篆香清彈也彈也彈不盡千萬離情
小玉癡憨故故向前聽鐵鑄玲瓏無玉軫雖不是一聲

聲也斷魂

百字令

春曉用漱玉詞均

三分春色卻二分離緒重簾深閉曉日烘晴猶料峭香暖一庭花氣天醮微雲葉篩疏影諳遍閒中味晝長無事生涯書卷堪寄　將次點檢羅衣輕添半臂掩紗屏斜倚懊惱枝頭聞杜宇舊恨新愁喚起風翦裁紅雨絲織碧枉卻東君意海棠開否小鬟回報還未

虞美人

贈王畹蘭妹

飛來青鳥傳嬌病消瘦梨花粉東君為惜曉妝成止住

風姨莫遣曉寒侵　愁波皺碧春山斂情性耽幽澹卿
卿合喚小梅仙別有一般風韻是天然

疏簾澹月

寱

輕陰澹斂正月吐彎環簾搖銀蒜戛碎波紋浪花片影兒清倩魂絲欲被東風散幾凝盼草煙碧染露華寒淺芳心暗警玉壺傳點　繡幰怯花閒碧蘚驀地自回頭曲屏人見帬綫薔薇刺罥膽虛嬌喘迴廊仄逕須臾現倚闌干纔整釵鈿窗前鸚鵡枝頭杜宇一聲喚轉

蝶戀花

壬戌花朝後三日喜楊藥淵二姊枉顧即次見

贈元均

日午小闌花氣颺弄粉吟香且喜知音賞迎得好風開錦障許同蘭籍名依傍　秋水久壺神逸朗麗句如倦詞格周秦上投贈雲藍勞靜想瑤瑤愧報酬珠唱澹語嚼梅清味永百和香煎共瀹春山茗兩載神交詩作證花間姊妹雙雙認　纖雨空庭幽寤醒草腳愁生碧長宵來病捲起半簾湘水冷東風吹墮輕雲影

賣花聲

葬春感賦

睂影控簾釘花補落痕滿身香霧嫩寒侵怨入杜鵑聲裏血獨自愁吟　玉蓬咽離情草長紅心月鉤空弔美

人魂憐爾爲花猶薄命何況儂今

鬢雲鬆令

得林風信後作

好風吹鴻信至料得書成溼透桃花紙宛轉迴文無限思纔念完時卻又從頭起　寄來情封去淚待到愁邊已過當時意認取江南紅豆子粒粒分明盡是離人漬

采桑子

松江許庭珠林風

春日寄褱紉蘭妹

年年望斷春江碧怕倚層樓不忍凝眸山外雲山愁更愁　淒涼遠寱惟燈見數盡蓮籌閒卻香篝人在春風冷似秋

紅櫻斗帳愁難寢明日花朝整備無聊春過江南弟幾橋　碧天如水橫珠斗荳蔻香燒韻字紗挑月寫花枝上綺寮

憐君憔悴天涯遠努力加餐且自尋歡無恙湖山待爾還　昨聞青鳥傳來信總在秋閒準擬歸船望得盈盈眼欲穿

天涯消息經春斷知否于歸還是家居細數郵籤紺遠書　自從俗事關心後詩思麤疏心血都枯宛轉輪腸一字無

滿庭芳

葺春偕蘂淵雪蘭蘅芳畹蘭諸姊妹看海棠

谿水拖藍遙山凝碧素心聯袂佳辰青畦綫度雨洗一犁春風引殘霞漾影垂楊外煙鎖橋橫聽花杪梵鐘遠遞鶯語罵金鈴　闌邊紅玉瑩錦江春色移種名根見嬌姿淺暈乍醒芳魂愁在杜鵑聲裏喚破了新綠如雲歸雅急斜陽黯澹情思遠虛郵

生查子

送春

把酒問東風怨入花鈴語衹解送春歸未肯吹愁去雲影蕩輕煙簾外飄香雨枉煞柳絲長不繫韶華住

和作　松江許庭珠林風

珠箔隔輕寒鸚鵡玲瓏語悄喚鎖重門莫放春歸去

桃李可憐別我唬紅雨點點帶愁飄吹入春江住

菩薩蠻

題吳蘭雪新田十憶圖

半簾香雨家山遠夝絲暖織春煙輭況聽子規聲思歸更不禁　花前瑤笛勸一曲歌珠串怊悵憶江南穠華三月天花院奉觴

綠蕪春遠帬腰襯尋詩天氣新夝穩池草瘦初醒窗紗鏤翠痕　小庭人靜處雨雨幽禽語猶記擘吟牋閒凭五字闌草堂尋句

野塘緩趁清游屐垂楊瘦到無聊碧風皺水粼粼迴旋

蕩縠紋　鶯梭花底織燕翦澄波色紅雨半溪煙人家畫裏山　柘塘春步

香煎荳蔻屏紗透文窗煙暝濃陰覆蟬曳別枝風涼飄一葉桐　芸編消永晝山字吟肩瘦凝睇送歸雅斷雲烘晚霞　桐屋讀書

水天如鏡明秋霽晚鐘斷續山坳寺煙外澹斜陽松花落石牀　吟魂飛不起愁在蒼茫裏雲逗一痕青登臨無限情　蘇山秋望

庭籠翠幙清如水綠天陰裏茶煙起湘榻設桃笙簾波碧一痕　挑殘青鳳膩語瘦紅花冷瀹茗記當時敲詩人睡遲　蕉陰茗話

荻花冷澹清溪畔一痕殘雪蒼煙晚淺石枕中流盟漚磯水頭　菱歌何處起知在蘆叢裏波涽半江藍織雲弄遠天 石溪漚伴

殘峯向晚傷心碧幾聲縹緲横秋蓬楓葉亂雲堆松風颸葛衣　水邊漁唱散墟落柴門掩林外鳥爭飛夕陽牛背歸 牛坳吹蓬

冷芳尋取攜吟笈寒煙深鏁春消息數點綻公花啁啾翠羽譁　水天雲斷處情繞孤山路仿佛到江鄉驚囘清寤香 煙隴探梅

春畦小步吟裏澹急流如瀑飛銀練洗石響泠泠依稀聽雨聲　平陂新漲淺碧影連空遠何日得歸畊稻花

金縷曲

王戌莫春送湘芷大弟玉田讀書

追憶兒時事在書窗同心硯席十三年紀讀瘦紅釭遊漏澁月墮涼煙侶水只餘得而今憔悴潦草詩詞終是累總無端歷盡悲和喜歌芍藥將離矣　殘香支癭縈愁細語連宵雖然小別也多離味飛羽年華須自惜莫把光陰輕棄叟一語丁寧須記親爲春風頻失意博庭歡望爾成名慰止不住盈盈淚

鏁窗寒

題雪豔圖

鑠骨凝膏虬珠綴玉峭寒庭院燈孤寥瘦愁緲美人天遠傍闌干橫斜數枝恍疑雪海珊瑚見看春痕寫出花疏月澹十分清豔　簾捲瓊瑤片正亂點欄前鬢絲輕罥暗花盈裛素萼折來低撚料離心正憶江南故園幾番風信轉送黃昏翠羽驚寒凍蘂霜華泫

鬢雲鬆令

夏夜納涼邀蘂淵同作

竹庭幽蓮漏永蘭夜無憀可奈愁人醒幾點螢光流曲逕細細荷風捲碎玲瓏景　翠屏深爐篆靜臨月殘妝雲匣開金鏡玉蓬鄰牆吹未穩葉葉涼生露下單衣冷

菩薩蠻

秋夜書褱

仌輪碾破遙空碧砧聲敲冷相思夕望斷雁來天瀟湘煙水寒　玲瓏花裏月知否人間別一樣去年秋如何幾樣愁

金縷曲

仲秋送畹蘭妹歸吳江

惜別腸千縷最關心拈花篇韻璅窗絮語瘦盡詩魂扶不起堪嘆舊時儔侶祇半歸孱緣歡聚屈指到家殘菊候正吳江楓落秋如許聽一舸瀟瀟雨　分飛雁影迷歸路轉丁寧煙郵水驛薄寒宜護珍重加餐須努力莫把閒愁頻賤酒醒後今宵何處只我思鄉歸未得仗西

風吹㝱隨君去雙褏溼離情苦

菩薩蠻

雨窗裏晼蘭

挑殘鳳脛釭花暝涼煙如水虛窗靜風雨一更更愁多㝱不成　思歸歸不得宛轉柔腸纖燈火照孤帆知君暝未暝

沁園春

秋夜病裏書感

淸夜迴腸百緒紛紜悽然淚零覺天涯離恨凝魂黯黯宵深肺病短㝱惺惺霜葉辭枝寒螿咽露粉月玲瓏上綺櫺孤光冷偏照人庭院別樣分明　屏山瘦影竛竮

見背壁殘燈死復醒嘆身如年歷暗知凄節心同刻漏記盡長宵生小工愁從來善哭何況而今寥落情無憀極倩喘絲半縷扶住黃昏

南鄉子

題梁溪詩冢圖

遙望九龍岑斷碣殘碑秋草深縹緲詩魂招不得黃昏冷月蒼涼山鬼吟　好句怕飄蕭肯付秦灰蕩夕曛卜得薶愁三尺地孤墳十丈靈光透碧雲

金縷曲

寒夜同藥洲二姊茗話有感

蕭瑟閒庭院揜文窗薄寒料峭暗燈頻翦從道宵長蓮

漏永比佀閒愁還短化萬縷縈纏如繭款約輕魂隨᫂去遠天涯不怕風吹斷㭪鐸語又驚搏　一九冷魄霜華滿算年年照人如鏡幾般愁怨惆悵家園心縹緲多少海思霞念恐此日遂成虚願可惜江南花月好到春來空付鶯和燕歸途杳碧雲遠

賀新郎

送湘芷大弟南歸就婚蔣氏吉期迺新正望後一日也

香縮同心篆趁明蟾良宵二八芳梅初綻繡仗紗籠行婀娜是處笙歌鳳管正璧月瓊枝瀲灩迎得青溪人佀玉喜璇閨合巹觴鸞宴紅燭底人爭看　蕭郎自是神

僊眷倚屏山衣香釧韻幾回偷盼惱亂燈花摇不定斜映檀顋半面聽蓮漏穿花三轉明日緑窗拈彩筆對芙蓉商略眉深淺攜翠裛整金鈿

南歌子

仲冬廿五日送湘芷南歸後是夜擁被無瞑離褱轉側翌日有便忩促填成倚枕書寄

爐篆摇寒緑缸花墜冷紅非關閒恨鎖眉峰卻怪年年多半别離中　殘月明珠箔疏星澹碧空此時情味想應同遥憶雞聲茆店曉郵風

采桑子

冬夜雜褱

涼蟾侶水空簾靜瘦影玲瓏香雪迷濛燈暈凝寒火不紅　薰爐獨擁無聊甚一遂悲風五夜疏鐘知否淒涼兩地同　蘂淵

燈前夜夜金錢卜細數行人簝繞離亭水驛煙郵弟幾程　年來慣是輕離別墜雨蒿星寥落詩魂祇賸當時月一痕　湘芷

清游最憶夫容郭約伴花朝折柬相邀戲蝶尋香上翠翹　秋風無奈歌驪曲瘦減吟腰淚揾鮫綃水多情咽葺湖　林風

淚花沾東紅公薄硯試煙丸小疊雲藍彩筆輕呵墨暈寒　欲將別恨從頭寄書到平安束竹腸攢萬種離愁

寫出難 雪蘭

最憐小妹拋儂去，青鳥音沈消息難聞。嬌病經秋恐不勝。玉瑲緘札殷勤寄，爲語卿卿珍重吟身好，慰堂前阿母心。畹蘭

玉梅花下凝情望，碧海青天十二闌干，風露人閒一樣寒。含愁悄對姮娥說，纔見團圞早又彎環，那得淸光夜夜圓。蓉淸

金縷曲

歲莫有褱畹蘭於吳中

淚泫桃花紙，倩青鸞殷勤寄與，蕚華小妹。舊日瑤淸諸女伴，都向塵寰去矣，怕此後再來無計。祇賸常儀還未

嫁何依然獨處琳宮裏人世事知無味　寒宵坐冷氈
花藥記當時挑燈閒話三山往事慧語關心偏愜意自
許此生知已卻不料君先歸里同住江南猶恨遠隔盈
盈一片吳淞水況天末人迢遞

蜨戀花

壬戌除夕

紅燭籠香檀篆細雜坐離歡倍是愁滋味爆竹聲中愁
去未明朝又恐從新起　最憶當年今夕事柏酒春盤
燈下藏鉤戲斜倚屏山無限意不情不緒淸淸地

東風第一枝

癸亥元旦喜雪次蘂淵二姊均

門揜梨花庭飛蝶粉素彩縈窗凝素銀裝十二闌干喜逗煙光媚嫵東風弄影見吹起半簾香霧試麝丸硯凍微烘也效謝家吟絮　細展譜雲藍佳句正亂撒瑶花催賦歌裁白紵輕翻曲按羽衣低舞漫揎羅衷撥爐火重添檀炷眩雙眸萬頃璚田春在空香深處

蝶戀花

偶成

窣地簾波寒料峭午寤惺忪一榻茶煙裊手撥殘灰添鵲腦錦囊點檢焚餘稿　倦倚銀屏愁悄悄總覺心情不似年時好一髮青山雲縹緲夕陽影裏看歸鳥

金縷曲

自題生香館詞集後并寄林風畹蘭

往事思量徧鏡臺前雙眉靑鬭幾時曾展費盡心魂詞百首蠶老尙餘殘繭認滿紙淚痕猶泫珍重寄君紅豆句鎮相思何日還相見知兩地共腸斷　三生悔煞躭文翰到而今殘椾賸墨依然焚硯骨肉遠離知已別對景不勝淒怨料此恨古今難免煙水家山無恙在到江南重覓當時伴算此外無它願

鬢雲鬆令

春感和蘂淵二姊均

玉琢相思金鑄淚薄暝簾前燕啄香泥墜春色依然人事改塡就新詞敎與鸚哥背　夢如雲愁似醉誰放風

箏吹喧秋千外鏡揜葳蕤慵染黛小病初瘳怯怯輕寒耐

百字令

春夜聞雁

蘭釭花暝聽沈沈蓮漏閒愁如髮況是殘宵聞雁語叫得雲波欲裂秋託蘆花春憎燕子辛苦關河闊問君何事年年來往天末　從道繫帛傳書當時塞外此日何由達知我凄涼身世感除是窗前明月憶弟情深思親寥遠淚揾羅巾溼輸腸宛轉此心能向誰說

金縷曲

癸亥莫春初九夜見月褱林風畹蘭於吳中時

予將赴中州感賦此解卽寄奉柬不自知情之
一往而深也
月照梨花白背銀屏疏檠黯澹薄寒猶怯煙暝星搖青
欲墮幾樹香桃紅溼恰正是銷魂時節簾影迷離歸路
遠聽唬鴂染遍春山碧飛不度滄江闊　柔腸細綴丁
香結想于今去原有恨住還無益兩地相思終不見何
侶翻然輕別怕此後更無消息一點墨痕千點淚看蠻
櫛都漬殷紅色數虬箭四更徹

百字令

題虎山玩月圖

香添芸餅冬鼓圖省識吾家太白石上霜華看瀲灩入

夜游氛都滅虛籟吟秋明波瀉影千頃頗黎徹誰吹橫邃餘音空外如髮　追昔金虎墳荒吳宮劍冷只賸當時月坐對層巒看轉碧一線煙痕新裂錦瑟初停嬌歌又起好景無虛設欲行又住留連幾度難別

前調

新秋即事

嫩姓庭院見餘霞散綺明河清淺茶沸瓶笙香浥浥刻地涼風似翦燈暈孤青煙搖瘦碧夜色屏紗簷井梧墮葉飛來滿紙愁怨　忽聽錚錚聲聲隔牆吹度離思天涯遠閒煞碧闌干外月逗影潛窺銀蒜病不禁秋愁多怯瘦心較凝雲嬾無聊吟罷羅衫淚點猶泫

金縷曲

初夏兼山表母舅歸湖田

怕聽驪駒發正無聊將離開了酴醾飛雪我亦天涯商去住一片鄉心難說算人海暫離鴻迹爲有才名遭衆忌只八五湖風月容狂客須不羨一千石　河橋柳弱傷心碧怪枝頭聲聲杜宇催歸太急隨意煙霞收筆底算厭滄江遼闊望珍重雲藍頻達信是古人詩句好更那堪客裏還傷別寫不盡巴歈拙

前調

題碧城仙籙圖

縹緲瓊樓迥正清宵迷離好籙遊仙一枕十二闌干波

曲曲紅杏枝頭香暝卻彷彿舊曾遊境只恐吟魂飛不起仗天風吹上三山嶺明月墮萬松頂　玉池蓮葉田田浸怕回頭茫茫塵海幾層雲影小倚碧桃花下立右拍洪崖笑問說此去蓬萊遠近同上瑤臺深處望看五銖衣薄星華冷騎隺背碧天永

聲聲慢

七夕招雪蘭蕊淵蘅芳蓉清集生香館分均得

同心結

蘭雲擁鬢翦月偕眉玉纖指破遙青涼浸瓊鋪炷香低拜雙星女伴爭纏連愛向花前重締新盟蛛絲巧看密牽卍字細綴同心　宛轉愁縈萬縷願絲絲和淚抑入

迴文織女機中年年錦織離情悵望碧羅天遠溼榆花香露無聲依稀聽恍天風吹下玉笙

風入松

寒夜聽若瓊大姊彈琴同蘂淵作

涼煙如水漾空明香篆細縈青閒愁併入絲絃裏滿疏林散作秋聲飛下半天哀怨勝他瑟鼓湘靈　夜深彈徹楚魂醒空外有餘音七條弦到無聲處數峯青□水泠泠一曲瀟湘落雁西風吹冷陰雲

臺城路

冬夜書褱

茸窗悄悄籠鸚睡蘭釭冷搖青暈斗帳量愁機絲織恨

央及霜風休緊愁瞑乍穩怕疊鼓飄來斷魂驚醒似鐵
羅衾夜寒偎瘦碧紗影　吟榭和淚搯損正珠繩歷歷
斜過金井月澹垂煙簾空化水消得幾番淸景迴闌小
凭恁玉臂淸輝蘸羅涼浸依約遥峯曉鐘煙外迴

金縷曲

闌干

梵字隨花轉正銷凝孤鴻影裏斜陽庭院一桁翠簾波
瑟瑟依約隔花會見渺天際嬌雲弄晚背立東風空徙
倚奈離愁曲曲都縈滿認千點啼紅怨　低徊怕向閒
池館賸依然杏梁雙燕惜春微嘆宋窦海棠紅暈近只八
是看花人遠再輭踏落衣尋遍十二碧城天似水欹玲

瓏夜月春痕淺又試拍輕魂喚

摸魚兒

久不得林風信賦此代柬

夜窗虛新正初破驚心時序偷換飛鴻去後無消息誤入誰家庭院春又轉盼不到梅花反怪東風嬾吟魂銷黯正玉漏搖愁翠煙迷褰寒月照清怨　幷州翦難翦纏綿心繭相思宛轉縈滿隔帷燈映屛紗簷微逗春星數點離思遠共萬縷垂楊綠到江南岸無瞑憶徧見蠟淚成灰香心已死難道此情淺

臨江僊

寄褱雪蘭蘂淵林風畹蘭諸姊妹

記得桐花簾外影愔愔小雨初殅蕙爐煙冷罷調箏傷
春新病起無力倚銀屏　對鏡妝成呼小玉花叢會否
人行恐驚蝴蝶一雙醒棲香暝正穩休去繫金鈴
記得海棠花下立珊珊瘦骨憐卿智瓊嬌小太聰明彈
絲猶未熟剛解畫眉痕　滿院涼煙春水暝陰陰新綠
如雲閒看歸燕帶斜曛珠簾慵不捲風急亂春星
記得當時遊蜀道送春天氣堪憐盈盈十四正華年嬌
癡愁不識逋髮尙垂肩　幾點疏星迷曉色閒雲出岫
如煙喜登劍閣上層巒萬山風雨裏無處不嗁鵑
記得澡蘭時節好彩舟爭繞明湖青綃半捻裹蜘蛛忩
忩看競渡忘戴玉釵符　百摺榴裙紅欲滴箇人風韻

偏殊畫闌鸚鵡笑雅雛日痕時過午還縛小於菟
記得風荷喧夜雨燈前偷譜香詞初吟未妥怕人知人
來佯弄筆推畫海棠枝　怊悵彩鸞工寫韻一方九帕
曾遺眞珠密字手親題怕開金鏁匣不忍見卿詩
記得飛琦邀避暑薄花深處停艭稱身新試越羅裳迎
涼團扇揜同倚小蓬窗　瓦鼎焙茶消永日乆甆花乳
浮香靜吹蘭韻細評量碧天疏雨過煙外一痕涼
記得秋河逢七夕纖纖蘭月廔西牽牛花下手曾攜爭
持連愛縷低拜祝星期　碧露泠泠吹裛溼繡屏燭影
光微玉裁煙冷鳳凰兒待他珠斗轉櫚網幾絲垂
記得曉妝勻面了曲闌干外迴塘無聊小坐擘蓮房翦

鴦飛度處風帶一絲涼　放進碧紗煙裏月呼鬟吹滅
蘭釭緩移珊枕倚銀牀綃囊籠茉莉夊夊簟㝱魂香
記得吹雲邀月姊中庭吟玩叓闌金釵畫損碧闌干環
廔高處立風露不勝寒　䤋鴨檀絲縈篆細惺忪短㝱
難圓星房雲路恨漫漫飛來愁一點閣在小眉山
記得雙成消永夜圍爐共語無聊燈前射覆罰香醪愛
看眉斂翠顋斗暈紅潮　笑撚梅花低語道月痕已度
牆腰醉扶小婢踏瓊瑤怪他嬌黠性得句倩人鈔
記得錦江分手日一襟離恨輕兜西風吹冷淚花浮臨
行還摻袂欲去叓回頭　獨坐茸窗情悄悄月鉤鉤起
新愁凍雲如㝱罨紅廔卻寒簾窣地積素眩雙眸

記得消寒圖四九玉梅花下彈棋冷香吹雪上新詩紫
茸低護鬢斜戴辟寒犀　懊惱屏山山六曲夜來魂癮
偏迷柔腸凄斷五更時天涯春又到不解寄相思

生香館詞

薝香詞

茝香詞

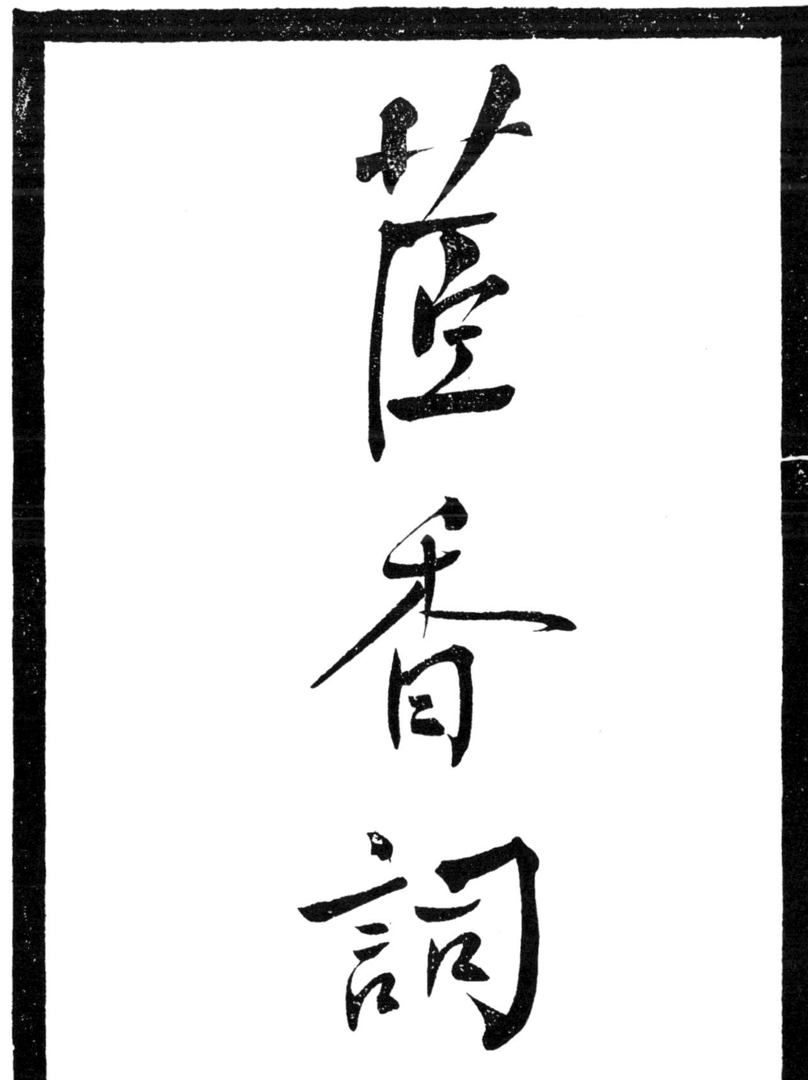

茝香詞

二泉顧翎羽素譔

蝶戀花

亞字紅闌簾影繞莫倚層廔廔外垂楊道極目天涯闊塞杳煙痕綠染江南草　風氣如雲窗影裊無奈嗁鴂喚得春歸早殘夢初醒寒料峭閒將佳句調嬌鳥

前調

露氣團空春院曉翠暖紅香半吐幽叢小錯繡朱旛隨意造隔簾影颭花枝杪　彈指韶華眞草草廿四番風幽恨知多少倉譜自描新樣稿春山只有愁難埽

浪淘沙

花影鑠春暝慵卷湘簾墨痕濃染衍波椾愁緒幾番拋玉局試卜金錢　東惹水沈煙小立風前羅襦緩帶瘦腰纖褭畔垂楊空舞影閒卻秋千

法駕導引

人間世人間世小謫廿年留琪樹折殘滄海夜瑤花吹碎碧城秋天上有離愁

瑤池上瑤池上異味出天廚阿母待餐青鳳髓麻姑手擘紫麟脯遊晏到方壺

清虛府清虛府瑤鏡影團圞玉兎生依青桂樹金蟇爬上白雲端風露最高寒

東華錄東華錄會作散花來涼月無塵鸞夢殘香有

恨鳳凰臺劫後辨餘灰

太常引

七夕

煙蘿澹卷水雲輕飛蝠拂簾旌殘夜在中庭移立傍梧陰竹陰　穿鍼慶畔夊盤瓜果往事記深盟銀漢淚紋生那忍看牛星女星

浣溪沙

椒閣春寒拚綺屏曉雲如墨靜愔愔幽蘭憔悴惜餘陰慵製紅鹽翻妙曲奈教白博冷瑤琴爐煙徵裊一痕青

采桑子

碎蟲零杵秋聲攪今夜西風吹冷離鴻爲問珠江路萬重 雙鐶靜掩秋衾薄窗影微紅幽寱惺忪人隔蠻煙瘴雨中

前調

朦朧簾影梨雲薄竹度風斜月漾寒紗冷逼雕梁燕子家 夜深窗外聞轤轆露井嗁雅殘寱天涯背壁秋燈墜碎花

浣溪沙

秋到梧桐小院涼晚煙消盡立殘陽湔裙淺水上銀塘 草寱冷迷青蛺蝶花光暖覆紫鴛鴦幾多往事費思量

江城梅花引

獸鐶魚鑰閉重門夜冥冥倍淒清敲墮殘花秋暈落銀燈偏是瑣窗遲月上映滃竹兩三星逗冷螢　暗風入簾人又驚倚綺屏觸綺琴響也響也響不住一片淒音嗚咽銅虬獨自數殘更太覺迷離幽㝱短今夜裏背梧桐斷倩魂

念奴嬌

水仙

沙明秋浦作微茫淡月波心輕墮羅韈淩波煙翠外一種輕盈微步素豔凝霜澹妝簪玉皓質禁風露天然標格那教青女相妬　問誰洛水移來筠簾棐几綠影搖

窗戶獨抱芳心塵不染汲取秋泉重注嫩茁靈芽香敷
仙藥作計銀壺貯伴予歲莫么魂冷到詩句

邁陂塘

送蔺塘弟之都

促行裝征衫憔悴醴陵賦就幽恨牽衣訴到艱辛語翦
落小窗燈爐朝雨冷況趙北燕南不是陽關近離衷誰
省只古堠吟蟬津亭煙樹人遠莫愁迴　飄蕭苦口歎
團圞情景分攜況味初省裁箋擘錦誰會見姊弟共聯
吟詠行計定恐淼淼波空望斷春帆影歸期預訂待蟹
斷霜肥魚莊楓晚作速理歸艇

元作　　　　　　　　　　　　顧　翰　蔺塘

悵離愁燈前暗聚團圞姊弟環語從來離別尋常事也值恁般淒苦行計誤算不抵秋園憔悴相如臥忍教輕負想竹閣吟詩蘆簾瀹茗同聽早秋雨　分攜恨惆悵萍蹤去住歸期叵有何據風塵笑我何曾慣短劍便抛鄉土歸夢阻恐薊北鶯花不是江南路關山遠度只驢鑾霜高雞窗月曙詞好墜鞭譜

臨江僊

宋寞青蕪簾不卷春來多病懨懨畫廊潑翠漾茶煙斷腸芳草路分手落花天　團絮搓綿紅裏冷東風瘦影誰憐可堪流水換華年柳絲春似夢扶影上秋千

望江南

江南好女伴鬪芳叢綫束湘帬春水輭薄梳蟬鬢綠雲鬆低壓亞枝紅

江南好記得冶遊朝楊柳陰中騎細馬藕花香裏泛蘭橈煙晚水平橋

江南好最愛晚粧時一縷斷紅收宿雨半湖新綠漾菱絲譜入竹枝詞

蓉湖畔廔閣是誰家翠箔低窺銀蒜露紅闌曲護綠窗斜一樹刺桐花

謁金門

梧陰碧滿院秋聲蕭瑟斜揜銀屏燈暗泣小爐香欲爇

窗外芭蕉露滴欲上玉廔無力倚闌只有玲瓏月天

澹秋河直

清平樂

畫堂春曉縹緑屏山繞窗外娃鬟聲報早一夜丁香開了　壓雲窰枕凝愁傷春人怯登廔歷亂東風飛絮任他撲上簾鉤

臺城路

惜花

石闌紅皺胭脂淚珠攙繡成難護一抹涼雲三分冷雨催送春陰歸去欲留難住恐轉瞬韶華粉消塵汙別有關心瑤階小立共花語　情緒最憐春茸有幾番香劫燕惱鶯妒細點菭紋輕依草廖總被東風曾誤綺羅誰

駐問春縱歸時欲歸何處銷盡香痕綠陰滿院宇

漢宮春

簪花

綠髮蟠雲看犀簾乍卷約鬢芳馨瓊釵兩行低卸雙蟬蜻蜓蘭煙蕙露染湘囊金粉星星回頭重盤龍明鏡鸞梳顧影掠蟬翎　自向綠瑛瓶底悵芳華欲墜花瘦於人賺伊鵝黃小蝶繞住閒身香凝繡釧冷紅蕤莫倚瑤屏春如寥昭華小琯滿衣風露吹醒

夜合花

護花

寶幄圍香珊闌貯玉梨花雙鏁嬌雲嫩寒初褪妝成鈿

閣籠姓裁鴛綺繡星辰倩護他香雪繽紛莫教那殘煙疏雨狼籍散芳塵　韶華最易飄蘦料也怯廿番風信珠淚瑩瑩緗桃瘦損不禁淸露銷魂描鳳牒費泥金寫璚椾遙寄蓉城倩東君玉簫聲裏留住春陰

滿庭芳

花魘

素豔酣春香魂醉露寶闌低亞瓔鈿朦朧涼魄纖影傷秋千一枕海棠濃睡幽魘安蘸雨涵煙誰相伴有緣毛幺鳳曾對春瞑　蝦鬚簾角畔盈盈粉靨新淚初乾看暈紅褪粉似怯春寒蘦亂梨雲乍醒驚回後誰向誰圓銷凝處曉鐘廔閣殘月又嗁鵑

前調

紫玉釵斜紅綿粉冷倩魂依約誰招酹伊鉛淚檀暈沁鮫綃願挽韶光留住向東風杯酒空澆胭脂雨簾紋輕漾花落寥無聊　煙痕微染處蘼蕪春影綠上窗寮想幽蘭憔悴最惜今朝一片梨雲墮白唱秋墳譜入銀簫傷心事杜鵑凝血鴛瓦碎青瑤

燭影搖紅

澹白籠煙抱花纖蝶迷無影晚涼庭院暗香浮紅暘添銀餅幽咽蛩螿斷井又絮語夜來相驚半枕雲垂一簾月漾秋痕銷凝　紈扇拋愁年光負卻雙魚贈誰傳錦字向秋河依舊雲波冷欲睡瞢騰還醒問歸寥恁時重

準銀箭流壺銅荷飄淚清砧敲暝

壺中天

題蓮趺先生芙容湖櫂歌後

迴塘數里漸秋風臏綠吹滿涼意蕭灑閒園臨岸佳㝡稱幽人遊憩竹閣來漚荷亭延鷺曲檻通流水相招蘭艇還邀魚弟同載　何殊泛宅龜蒙筆牀茶竈寄賞塵囂外從此雲波幽絕處好聽魚歌欸乃篷影遮舡秋燈碎雨幾度鱸鄉醉湖干煙月料應染遍吟翠

踏莎行

題蓮趺小影

身世浮漚塵區粟顆圖中不似當初我分明慧相海南

來妙蓮一瓣輕飛過　貝帙清修伽文香課憑君到處
參眞果蕭然瓢笠水雲中更何意向禪關坐

百字謠

觀魚

石闌曲護看魚鱗細浪綠滴幽渚簇簇蒲梢抽短劍演
漾滿陂春水吐沫浮花香吹卷絮沒處圓紋起蘋邊墜
雨滿襟涼意如洗　更有葉底微行漚邊暗避橋影間
來聚撒食競看浮水面脫後猶爭香餌翠尾穿波銀䰉
與玉潑刺空潭裏池亭小立波光明上肩際

鳳棲梧

滿架涼陰遮翠幄松鼠行邊數點藤花落一抹晚雲垂

樹角赭霞徵襯湘痕綠　倦倚紗櫥人睡足小扇風輕
蛺蝶和煙撲簾外忽聞聲簌簌雪猧戲惹秋千索

念奴嬌

題誦昭翠溎小草集後

墨粱煙驪有孝標姊妹何論沈謝五色蠻箋螺子黛漫
向夜深謄寫滿幅銀鉤幾行鮫顆願作珊瑚架金荃一
卷紅珠掌上無價　總教新月疏桐綠窗風細倍把愁
腸惹篋裏雲山詩卷在點入倪迂小畫招損薔薇劃殘
竹粉屐印蒼苔鏬香憔脂悴飄藹多少同社

浣溪沙

淚浥紅箋弟幾行玉釵敲竹信茫茫闌珊玉佩罷霓裳

天上人間俱悵望篆煙殘燭並迴腸慈雲稽首返生

香

前調

落盡繁花小院幽夕陽無語下妝樓濃華如瀉水東流

珠衱佩囊三合字簟紋燈影一生愁遣懷翻自憶從

頭

金縷曲

題馬貞女誦光遺照

苦鶴瑤天泣灑秋風蒼厓窅窅冷薤殘魄果是優曇纔

一見已見仌霜高節誰更寫愁紅怨碧贐得蠶眠詞一

卷唱秋墳山鬼應嗁血黃鵠眼淚潛滴　春容依約還如昔爇心香蓮華供奉莊嚴僊骨情到十分原殉義歷遍粉灰香劫抵多少生天成佛只我傷心緣甚事斷腸碑怕檢胭脂筆華月冷度簾隙

臺城路

闌干

紫桐廊畔春如畫分明碧城十二刻玉蟠螭泥金寫鳳短短迴文輕護縈雲寶柱恰界破方花書成梵字古礎落衣秋痕暈上幾重翠　誰教珠衷頻拂怕桐華宵墜吹遍青露佛髻螺明仙銖鋣滑宮樣沈香小製雪狎曾誤只呆覷庭陰玲瓏穿去冷壓柔枝夜涼花欲語

連環六尺珊瑚骨遥通畫眉溪應宛轉當階盤斜曲、椏
隱約簾波如水文漣砌古正涼雨濺泥蘇花凝紫獨於
東風愁痕凝上玉釵股　欄牙一角低倣吾仌梅紋淺
紅染秋字剗襪行來彈肩並處微露鸚帮金縷綫壓吹
起又暗網牽絲拾拈喜子小揭輕羅曲屏雙扇啟
畫廈幾曲疑天上天台落霞凝赤碧漉屏戲絲沉窗拓
縷縷煙痕疏織月華垂拂記擲到銀箭曳聲輕拍涼轉
芳陰粉香飛過碧蝴蝶　悄悄小苑深繞記三山縈榭
七竅初飾金葉雕闌銀泥圖畫恰稱內家標格麗情堪
憶憶茜裏憑來一般顏色碎墨苔星石根斜點筆
流鶯啼遍令桃樹淇漾渠涼濃覆檻石紅門補花綠鮮

小綴金鈴鎐獸古銅鐶鏽作搭上簾衣海綃幺綳小坐臨風嗁妝愁凝嬾回首　無端爽氣吹冷夕陽人倦倚立近鴛甃露擘蘭嗁雲分梨寱六曲香檀寒透綺亭深構擬百琲低穿五紋細鏤芳徑無人半庭紅影瘦

踏莎美人

涼黯幺紗冷拋玉局輕搖絮寱飄幽綠明簾煙影瘦風絲依舊鶯愁燕恨可憐時　月約眉痕箋裁蘭韻雙魚知是人歸信纖雲如水渺天涯低屬嗁鶍輭語莫驚彎

浣溪沙

憶琴清閣主

新綠飄煙約畫叉一絲涼雨冷茗華淺蕪幽黯隔窗紗

湘夢驚拋蘭信遠絮痕影挂柳風斜雙魚依舊渺天涯

臨江僊

記得琴清妝閣畔小紅闌角縈遮關心夢不到天涯暗拈紅豆子何處寄瑤華　瘦到柳絲煙影碧呼鬟啟了窗紗傷春愁與病兼加怪他鶯語滑嚦碎玉梨花

記得雛鬟窗外報小亭開徧櫻桃繡簾無力未曾描偎屏嬌意嬾湘帙且須拋　窣窣簾波風似水懨懨過了花朝一痕新夢付芭蕉憐他心卷處愁重上眉梢

記得小樓初倦繡燕歸曲院簾垂綠迷煙影鎖湘枝苕涼明竹雨雲黯冷琴知　依約雙鬟窗外報海棠風斷

柔絲裁榆抛局夜敲詩孤花扶瘦寥澹月倩新眉

金縷曲

題黃仲則先生詞稿後即和集中元均

展卷吟褒放歎斯人文章歌哭古今同望豈止才華傾八斗應是閒愁無量休更似落梅淒悵雀背風高仙骨冷勝人間塵土詩魂葬星欲墮月痕蕩　玉笙寒徹瓊筵上記當時金徽按拍狂吟清況是否嫏嬛曾有約歸去琳宮無恙聽砧度良宵深巷靜掩鮫紋秋寥瘦冷西風雪浣茱萸帳誰擊碎珊瑚響

望江南

秋閨

秋窗畔煙裊一痕青夜月冷欺蝴蝶瘦西風峭斷海棠魂生怕近黃昏

闌干畔拜月試新妝四壁蛩吟秋影瘦一燈花落夜更長往事不堪傷

閒庭畔風靜約簾波病骨怯暝愁瘦斷秋蛾綠損爲花多彈淚背姮娥

浣溪沙

魚子衫輕無限嬌澹妝和淚濕紅綃起來無力整珠翹

鈴閣翠分湘女竹繡牀香影美人蕉冷風凄雨過花朝

浪淘沙

風影約簾波搖漾紋羅小紅闌底按清歌摘得一枝梅

似豆咲打鸚哥　燕惜落花多衘䄂香窠梨雲夢醒奈

愁何開盡棠梨春又半頻斂雙蛾

何處杜鵑聲不耐愁愁聽珊瑚枕上解朝酲吹落楊花飛

作絮又近清明　雙燕拂簾旌猩色圍屏辛夷花底閉

門深一縷茶煙人不到慵炙鸞笙

菩薩蠻

相思初解拈紅豆箇儂偏替征人瘦椒閣靜愔愔春歸

蝶退翎　綠窗寒意重花底憐幺鳳簾影曲闌斜茶煙

籠碧紗

仌紗貼體涼如水一庭竹影風敲碎煙漾月橫秋嬌波

淚暗流　相思銷玉兒怕與愁人道小楷界烏闌銀柵
墨未乾

前調

送蔄塘大弟遊浙

傷心南浦江郎賦鷓鴣省識離情苦春草碧於煙暮湖
送別天　長亭風景莽帆指西泠路今夜雨瀟瀟楓江
第一橋

前調

褱蔄塘

桐陰簷映清於畫湘花瘦傍秋千架秋月冷靡蕪綠窗
聞鷓鴣　停歌拋玉局聽破西陵曲昨夜雨如絲離情

憶柳枝

前調

湘花澹損紅脂面，獸鐶雙掩蘼蕪檻，榆小畫秋山，星娥翠裏閒。纖雲凝夜紫，煙落迷廊處，桐閣冷拋書，琴窗月上時。

寒煙依約殘蕪碧，夜涼小簟忙，秋蝶簾影漾，疏星纖雲澹月痕。罷歌裁佩玉，遠信湘潮綠，花曉曳冰魂，雨絲飄曲門。

百字令

題琴清閣小影

桐陰澹凝試輕衫，小坐綠窗，琴靜彈瘦，湘花雙裏薄風

約姓絲碧影指冷調仌絃清斂玉眼底秋星近茶煙扶
寥夜涼松雨催醒　倦軫乍撫還停纖抛幽素可許知
音聽我憶天涯人似玉渺渺雲波芳訊襟浣疏香眉殘
淺黛崔背聲淒警描將吟思粉榆紅淚微映

天香

探梅惠山石浪山偕浣香弟作

素影飄溪暗瓊浮笠珊枝海月初挂薄絮愁香仌霞凝
翠瘦蝶怯寒欲化鳳簫韻遠歎珠閣蕭紅將謝探取雀
巢消息倦遊曲巷嘶馬　踏歌尋春來也寄江潭魚書
會寫小凭疏窗如此吟褏高雅興靜綠迷簾下憐落砌
脂痕半狼籍爾許高情傷離遝舍

齊天樂

殘梅

寒風飄落林梢月歸來雀聲淒苦短閣薶香破籬碎玉不是羣蘿眉嫵酒醒何處對碧礀煙新蒼崖雪古瘦竹攜將江城吹入斷腸譜　當時醉眠初倦記膽瓶折取簪上釵股暖翠酣魂癡雲抱夢愁聽畫廊鸚鵡春痕誰主悵苔老孤岑蘋荒遙浦拂袂重尋一襟涼似雨

前調

新柳

夕陽影外吟情古湖隄幾絲飄碧輕染衫痕纖描眉樣離恨已堪消得天涯怨別見罨雨尋雅拂殅弄蝶爾許

青陰津橋初醒倦遊客　鎐釵慶畔行過有嫩鶯喃語唬瘦湘月攇遂紅亭抛笙香閣憐我縞衣顏色芳蹤愁幽待洗竹暝琴補苔移石折贈歸人畫橈遲戴笠

江城梅花引

涼枝嬌影過重門是春痕是愁痕纖裹嬋娟桐閣正抛笙欲種蘼蕪芳苑改飛紅近傍簾前墮玉雲　曲廊背語初睡醒霧乍冥雨乍冥望也望也望不盡一片春陰瘦到天桃短柳坐唬鶯惆悵珠塵容易隔尋舊夢有名香難返魂

茝香詞

衍波詞

衍波詞

金荃蘭畹大都閒麗之篇芳草夕陽不少銷凝之句樂府之製緣情以生溯源騷楚語不侚夫偏奇選律宮商均獨取其清越雖一千餘調才儁之作爲多而五百年來閨閣之音尤雅斷腸漱玉既響振於曩朝海虞吳江復譽聞於當代是則詩人之餘事實爲女士所專門屈指近時盱衡秀淑若尊古發藻虞山佩珊揚華歙浦季湘頭潤琴瑟之律一均碧梧清新巽兌之爻競爽其他四姓五陵之媛不少六么三疊之傳任長短而皆工會句意於兩得則衍波詞又其最焉天邊問姓盈盈水畔之人花裏徵名灼灼蓮中之的胎瑤情於生小地占湖山馳鳳想於古今家多載籍朝霞作佩錦繡隨其卷舒

明月爲胸珠璣成於咳唾芳辰待歲早傳銘菊之辭始卯有行彌播頌椒之詠紅絲一縷倩冷月爲良媒白玉交卮羨洞僊之豔福唱和之襃交暢聲律之講逎精或鑪裊沈香戀繡衾之殘寱或妝閒斑管拂鸞鏡之新妝小别添吟長榭寫憶櫻桃花謝緊簾外之春風楊柳絲寒瘦眉邊之秋影芳情苑其繾綣麗製申以纏綿近嗣紅薖之音遠接玉田之響縫雲嘯雪方此爲難豔樹衡棲眡茲蔑矣僕粗聞鬲指未諳過宮交獲中郎因知道韞才慚東海敢序玉臺用詫示夫閨人亦傳觀於同調瑤華坐對聊私譜其芳香妝閣畫閒儻垂燎於訶潤嘉慶丁卯嘉平月二日德清許宗彥序

衍波詞

仁和孫蓀意秀芬譔

蝶戀花

淺揜重門春院靜又是年時一段消魂景未過花朝春尚嫩柳梢漸覺黃金褪　睡起髻鬟斜不整注罷沈檀火滅香篝冷簾外櫻桃花落盡晚來幾陣東風緊

點絳脣

落花

滿院繁花無端吹落鄰家遂風姨輕薄不管人憐惜斷紫藹紅補盡蒼苔缺空愁絕小鬟偷折猶向枝頭覓

蝶戀花

七夕

又見佳期逢七夕烏鵲橋成欲渡還嬌怯一歲離情應更切銀河執手低低說　莫怪天孫腸斷絕修到神僊尚有生離別風露悄涼人寂寂夜深獨向瑶堦立

相見歡

嬌鶯啄響花鈴䆫頻驚又是困人時節近清明　楊花白梨花雪正新妝睡起春風別院皺錢聲

高陽臺

題李香君小影

曼臉匀紅修蛾暈碧內家妝束輕盈長板橋頭最憐歌管逢迎無端鼙鼓驚鴛夢悵倉皇雲鬢飄蕭黯銷凝舊

院春風芳草還生　桃花扇子攜羅袂問天涯何處寄
與多情廿四樓空白門明月淒清江山半壁成何事但
蒼茫一片蕪城萁傷心金粉南朝猶賸娉婷

百字令

次花海叔均

清明近也聽餳簫隔巷吹來庭戶初試羅衣風尚峭小
立曲闌凝佇柳學顰眉花含咲靨又見春如許晝長人
靜畫梁新燕雙語　正值輕暖輕寒釀花天氣一霎
姓兼雨對此韶光須痛飲莫說閒愁閒緒三竺雲峯六
橋煙水結伴嬉游去藏雅門外一枝搖漾柔櫓

沁園春

美人風箏

翦楮裁筠，塗朱施粉，多情欲迷，但如飛一去渾疑劒女，任吹不動卻咲環妃。細骨玲瓏，芳姿飄渺，奔月行常似羿妻。鞦韆外，怪弓鞵一捻，穩步雲梯。　遙遙欲上還低，最好在湖邊十里隄。怕巫神嬌妒，來行雨溼；封姨輕薄，肯借風吹。飛燕身輕，驚鴻態逸，天際紅霞映舞衣。絲兒斷，看綠珠墮也，倏下慶西。

點絳脣

冬夜不寐

閉卻紗窗，月兒斜透窗兒縫。夜深寒重，嬾卸釵頭鳳。數盡更聲，底事難成夢。愁千種，慵拈新詠，只把燈花弄。

菩薩蠻

枝頭杜宇啼聲急一簾絲雨和愁織花事太悤悤落堦飄落紅　晝長春繡嬾偏髻拖殘線斜倚小屏山含情憶去年

如夢令

又見東風欲葬陣陣撲簾飛絮一夜替花愁人在小廔聽雨無緒無緒只得任它春去

百字令

家邵庵叔花影吹簫圖

簫聲橫處雀南飛裂石戛穿雲表花霧濛濛疏影澹別有層廔深窈孫楚閑情桓伊清興一曲超神妙夜深人

靜蟾光林鋪低照　凝想按徵移宮含商吐羽遞響應繚繞忽被東風吹散去空際餘音猶裊幾點遥山半溪流水花外鶯聲曉披圖神爽攜尊來此聽好

菩薩蠻

繡毬花

叢叢姓雪闌干曲東風碎翦玲瓏玉蝴蝶打成團梅花一蒂攢　昨宵林影白錯認團圝月曉起捲簾看羅衣生薄寒

探春慢

蔣葆存學博蔣村草堂圖

山鎖空青溪圍寒碧幽棲近臨河渚黃葉孤邨夕陽喬

不指點故園非誤流水疏籬外更繞屋梅花千樹想當把酒豪吟暗香吹上詩句　桑梓廿年心事看三徑依稀畫圖開處清尊橫琴高慶弄遂消得幽襄如許何限閒風月儘分付沙邊漚鷺憑仗生綃臥遊障子描取

柳梢青

青梅

細雨闌珊江城四月猶賸餘寒青粉牆頭綠陰枝上一點如丸　拈來箇箇勻圓心怯處盈盈味酸笑蹙雙蛾畫闌斜倚纖手輕搏

翠樓吟

秋柳

瑟瑟疏疏濛濛澹澹斜陽畫出秋影自勞聲嘹老渾不是鏡中眉暈愁春寤醒膩咽露涼蟬抱枝淒緊憑誰認風流張緒當年姿韻　重省當記年時向灞橋驛岸殷勤折贈章臺人去遠料近日楚腰消損西風光景看憔悴如斯那禁離恨長隄外晚煙如雨歸雁成陣

清平樂

夜宴

金尊瑤席羅衷如雲列堂上笙歌歡未徹聞煞玉階明月　舞餘蟬鬢惺鬆當筵唱罷玲瓏酒醒畫屏人去燭花猶鬭春紅

念奴嬌

東洋美人圖

風鬟霧鬢記斷腸詩句蔡郎曾賦試向畫圖重省識別是消魂眉嫵衣曳鮫綃釵橫玳瑁巧樣看梳裹龜茲唱罷背人小立無語　遙想弱水東頭三山宛在定有神僊侶玉雪雙趺高躡屐歷倒南朝蓮步雲海微茫蓬萊縹緲空惹愁千縷眞眞須喚彩雲莫共飛去

水調歌頭

登六和墖

到眼忽金碧墖影挂晴空問誰爲此窣堵卓筆寫蒼穹最好憑闌長望隔岸越山如咲揖我白雲中城郭渺茫際鈴語墮天風　登臨興褱古意兩何窮是處江山洵

美部景惜忩忩莫話錢王舊事惟有無情潮水日夜自
流東欲去㝗回首落日一江紅

羅敷媚

玉指誰種梧桐樹風也蕭星雨也蕭星作 去 得愁人不
要聽 病來心緒難消遣怕也伶俜爭不伶俜如此淒
涼幾慣經

洞仙歌

瀞吟軒十姊妹花盛開席上作

清明過後漸愁春裏衷小白蔫紅故相惱正梨雲墮粉
桃雨霏香纔開處又被蝶喧蜂鬧 芳名呼姊妹絕似
嬋娟顧影相憐惜嬌小最好是輕陰作 去 煖烘烘更添

得晚來斜照且莫負東風賞花期便百罰深杯也須判了

邁陂塘

題薛可菴蓮景圖

渺臨流翩然一葉載將涼意如許湖波十里澄於鏡翠蓋亭亭無數須小住怕狼籍紅衣魚浪吹香去嫣然欲語正曉雨初收清風徐拂棹入最深處　漫容與何必尋盟漚鷺攜來弄玉佳侶公紗霧縠清無暑恰稱淩波微步看屢誤試照影明流人與花同嫵新詞待譜更添寫雙鬟橫吹短篴唱徹鬧紅句

瑞隺僊

水僊花

芳姿矜素質倚輕寒亭亭倩影玉立羅衣翠綃織但黃侵宮額粉塗檀頰簾飛細雪對屏山惱情脈脈憶開時嘗是殘年未許蝶尋蜂覓　高格雙管描香孤弦寫均稱伊清幽淩波步淺涼露溼生塵韈論丰標鬱弟梅兄怎比別是珊珊僊骨記瑤臺月底歸來黃冠半側

青玉案

余慈柏賡文秋江獨釣圖

煙波萬頃秋無際一葉扁舟搖曳自把漁竿淩渺瀰綠蓑青篛浮家汎宅合號元眞子　漚盟鷺約何須訂西風起鱸魚正美釣罷船頭還獨醉荻花無數斷鴻幾點

江色蒼茫裏

喝火令

題許玉年茂才亡室照

明慧同徐淑，才華似大家。春風容易落曇花。試問歡期幾許，屈指半年賒。　妙倩傳神手，描來蕚綠華。生綃依舊臉如霞。比似年時，略瘦一些些。比似年時初見，無語翠鬟斜。

祝英臺近

露寒小立圖

花明簾，柳暗月，漸昏黃時節。初換羅衣，悄傍玉堦立。過了挑菜佳辰，秋千院落，還逗遛、恁輕寒惻惻。　漫凝憶，應

惜侶水華年無言倚瑤瑟香冷薰籠綃帳正愁人須知
露溼蒼苔被他蟾影偷照見斷紅雙靨

摸魚子

家壽雲叔醉墨圖

愛淋漓金壺墨汁麯生風味差近醉鄉别有閒天地都
付墨鄉管領塵慮屏看十指酣嬉百幅鑽欄盡龍蟠虬
影正興溢臨池人如中酒此意問誰省 徵故事長史
當年堪並狂來幾度濡頂芸窗研席沈吟久風雨驟驚
筆陣斜又整便題徧羊帬更寫幽蘭韻叔善墨蘭瓶梅香沁
擁萬軸牙籤一牀斑管應比百城勝

賀新涼

題紅樓夢傳奇

情到深於此竟甘心爲他腸斷爲他身死夢醒紅樓人不見簾影搖風驚起漫贏得新愁如水爲有前身因果在拚今生滴盡相思淚憑喚取顰兒字　瀟湘館外春餘幾襯落痕殘英一片斷紅蘼紫飄泊東風憐薄命多少惜花心事攜雅觜爲花深瘞歸去瑤臺塵境杳又爭知此恨能消未怕依舊鑠蛾翠

綠意

新荷葉

田田無數自弟三橋畔遙接洲渚榆莢同圓柳線難穿翻解買將春去折來未是佳人鏡全不礙遊魚躍處愛

乘涼幾點蜻蜓立向中心擎住　那侶鬧紅時候冞香
人未到若箇延竚點點青青散漫澄波已覺清芬徐度
碧筩待到飛觴日又一葉一花相賦記西風撩亂池塘
翦燭夜深聽雨

擷芳詞

題冷月吟

離鸞詠黃門痛拈豪淚滴瑤櫳凍愁無據情如許碧海
青天玉人何處　蘅蕪夢何時共翠鈿蕭落釵頭鳳傷
心語渾難訴挑燈寫盡斷腸詩句
盈盈靨長長眼鏡中愛煞春山淺多情月無圓缺夜夜
廔頭清光同挹　瓊簫斷行雲遠可憐好夢如塵短無

情月爭知得依然來照水晶簾隙

洞僊歌

畫堂銀燭照氤氳瑞氣吉日良時是誰簽看門闌喜聚仌上人來人爭羡兩座輶軒太史　曉妝雲鬢掠玉鏡臺前試點青螺暈眉翠偷撿綵羅箱條脫雙金循環意衷中私繫悭無語人前鎮含羞算祇有菱花知儂心喜

菩薩蠻

沈沈漏箭催淸曉鴨爐猶賸餘香裊吹滅小銀燈半窗斜月明　繡衾金壓鳳好夢同郎共含咲語檀郎何須更斷腸

虞美人

題美人釣魚圖

夫容落盡秋風冷蓼漵蕭疏景雲鬟三兩薄妝成十二紅闌小立逞娉婷　金鉤釣處游鱗起攪得波紋碎誰拋石子響漣漪須信隔花影裏有人窺

畫堂春

鸞鏡翠鬟慵理象牀斑管停拈不知是病是愁添鎮日懨懨　容易年華過盡好天良夜休嫌玉梅香隔一重簾月細風尖

百字令

題吳時田黃海奇葩冊子

繽紛照眼問其中誰作司花令史翻盡羣芳新舊譜不

信人間有此瑤草琪花瀛洲方丈此地非邪是殊芬異態便教德裕難記　聞說雲海黃山木蓮花放數里氤氳氣身作迦陵五色鳥飛入衆香叢裏金鈕珠冠鶺鴒羣蝶翅一一徵名異今宵寥繞三十六峯煙翠

賣花聲

歸去郡城東會記相同玉梅花下小房櫳燭影搖紅人倚醉繡帳香濃　小別太忽忽好寥無蹤幾回追憶轉惺忪擬託新愁憑燕子訴與春風

柳梢青

陳寤摩學博空山采蘋圖

碎綠交加幽人一棹小艇經划春水生時青山畫裏閒

采蘋花、高吟得句偏佳憑說是苕溪若耶花信風柔
苎〻羅衫薄詩意涼些〻

滿庭芳

美人春睡圖

數偏花鬚吹殘柳絮無聊撩上窗紗潑潑庭院簾幕幾
重遮漸覺相思意倦壓繡衾紅玉攲斜丁寧意畫梁燕
子絮語莫驚它　知伊當此際人兒見否幽恨空賒乍
墮來釵鳳鬆卻鬟雅搖漾柔魂一縷倩楊花扶向天涯
誰催覺枕痕印處雙頰暈朝霞

天香

秋燈

灰燼銀荷菭生雁足漢宮舊製誰見照破秋心拋殘蠟
淚最怕昏黃庭院長門雁過多分是不勝清怨記否巴
山同話西窗那囘曾翦　幽閨夜闌人遠祇影兒與伊
相伴挑落金蟲紅粟釵頭猶顫聽盡梧桐疏雨正斜倚
熏籠寱初斷簾鑪風來一星微閃

奪錦標

染指甲

麂眼籬邊蛩聲砌畔又見鳳仙開矣尋徧露叢輕摘碎
擣金盆染成霞膩似唾絨點點早一夜春生纖指惹檀
郎時泥人看驚笑是彈紅淚　七夕星期又是乞巧筵
前女伴穿鍼偷比叓較肩閒脂暈臂上砂痕一般姸媚

怕猩紅易褪遮莫向銀塘頻洗試瑤琴月底攜來彈作落花流水 李玉英事

憶秦娥

桃笙滑晚涼睡起慵梳掠慵梳掠鬆鬟半嚲玉釵□□濛濛澹月窺簾箔畫闌一葉梧桐落梧桐落秋風又到小亭西角

惜黃花

菊

秋高碧宇黃花□□□孤正霜林愁紅初舞佳節近重陽憔悴東籬芽問人意也應如許 楚騷有句幽蘭同聽話餐英早湘潭那時人去簾捲恰新□記年年開處

甚長是滿城風雨

衍波詞

傳古樓景印

圖書在版編目（CIP）數據

小檀欒室彙刻閨秀詞．第一集、第二集 /（清）徐乃昌校刻．-- 杭州 ： 浙江大學出版社，2018.6
（傳古芸香 / 李保陽主編）
ISBN 978-7-308-18156-3

Ⅰ．①小… Ⅱ．①徐… Ⅲ．①詞（文學）一作品集一中國一古代 Ⅳ．① I222.82

中國版本圖書館 CIP 數據核字（2018）第 078092 號

小檀欒室彙刻閨秀詞 第一集 第二集
【清】徐乃昌 校刻

叢書策劃	陳志俊
叢書主編	李保陽
責任編輯	王榮鑫
責任校對	田程雨
封面設計	温華莉
出版發行	浙江大學出版社
	（杭州市天目山路 148 號 郵政編碼 310007）
	（網址：http://www.zjupress.com）
排　　版	杭州尚文盛致文化策劃有限公司
印　　刷	浙江新華數碼印務有限公司
開　　本	880mm×1230mm 1/32
印　　張	41.75
字　　數	324 千
印　　數	0001—1000
版 印 次	2018 年 6 月第 1 版 2018 年 6 月第 1 次印刷
書　　號	ISBN 978-7-308-18156-3
定　　價	300.00 元（全四册）

浙江大學出版社發行中心聯繫方式：（0571）88925591；http://zjdxcbs.tmall.com

傳古芸香

小檀欒室彙刻閨秀詞

徐乃昌 校刻

第一集
第二集

地

浙江大學出版社

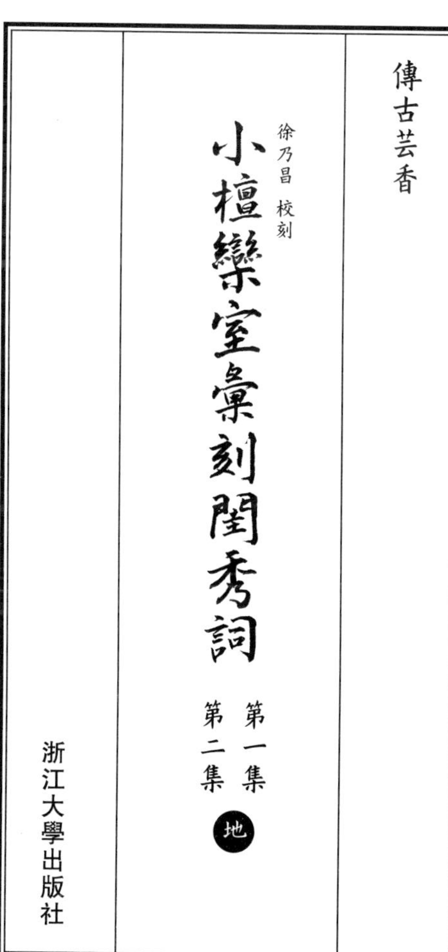

本册目録

鴻雪廔詞

鴻雪廔詞

鴻雪廔詞

憶江南

錢唐沈善寶湘佩譔

早春

風一陣漸漸扇微和楊柳煙開青似染池塘水暝綠生波疑是鏡新磨

臨江僊

江廔晚眺

廔外長江江上水水流東去沈沈白雲出岫本無心遠山浮淺靄明月冷疏砧　來往蒲帆渾不定忘機沙上閒禽漁歌高唱綠楊陰箇中饒野趣此外少知音

一翦梅

衡寒圖

瀟灑吟情在灞橋杖挂詩瓢驢踏瓊瑤陽春一曲調應高梅正香饒雪正蕭騷　自是清狂逸興豪一任寒驕肯負今朝竹籬茅舍露山坳幽景難描幽思難消

虞美人

送春

問春欲去歸何處怪底春無語商量無計把春留又見杜鵑啼血蝶含愁　落花飛絮多情緒也欲隨春去闌干十二獨徘徊賸得青青滿眼是莓苔

西江月

絡緯娘

聽爾絲繅五夜令人轂轉三更可憐錦字織難成金井闌邊露冷　亦有機聲軋軋何須燈火熒熒簷回明月半窗横一片梧桐疏影

河滿子

寒雁

捲地朔風陣陣過江征雁行行底事勞勞無定跡祇緣辛苦隨陽清夜月明人靜殘星幾點微茫　毛羽誰憐豐滿書空枉費文章嘹唳一聲愁欲絶蘆花兩岸飛霜玉遂小樓吹罷碧天萬里何長

前調

寒閨

簾幙低垂靜夜蘭膏撥盡深更鐙影模黏梅影瘦篆香喓拂雲屏已覺愁魂欲斷那堪雨又淋鈴　幾度思彈綠綺誰家正理瑤箏卸罷殘妝纖手冷霜風和月穿櫺無奈夜長人倦薰籠倚到天明

前調

寒山

寂寞疏林落日淒迷衰草黏天一片凍雲歸遠岫倪迂畫筆幽閒只少尋梅踏雪隔溪遙指吟鞭　笑向春花叢裹妝成秋樹村前轉眼風光都不是空餘寒霧寒煙幸有停車歸客還來石徑流連

前調

寒砧

幾陣金風送響誰家玉臂生寒霜裏聲聲聽斷續攪愁驚寥無端催得廔頭刀尺工夫徹夜難寬　共月敲來漏永隔林傳去溪喧惹起羇人無限恨故鄉極目關山何事年年輕別卻令遠念衣單

巫山一段雲

瘦

攬鏡頻相訝癡心卻咲儂不知何事攬情衷消削到眉峯　簾捲西風悄黃花寫影工縱教形與鶴相同元是沈家風

如夢令

春暮

纔罷杜鵑啼血又見楊花飛雪碧蘚繡柴門虧得落紅點綴休說休說好鳥枝頭惜別

前調

不寐

半壁燈光孤立一縷鑪煙弦直夢斷小屢中何處數聲長笸幽絶幽絶恰好疏簾澹月

南屢令

病中對菊

無力理殘妝傷心淚數行整雲鬟翻累高堂寸草春暉

猶未報扶疲影倍悽惶　駒隙逝流光東籬菊又黄憶
滄桑回首茫茫十二闌干秋寂寞還是爾耐風霜

喜遷鶯

和簫廔師秋感

秋光澄澈又落葉蕭蕭吟蛩唧唧幾杵疏砧兩行新雁
更勝杜鵑啼血惹得騷人哀感製就新詞悽絶低唱罷
覺愁腸自斷愁眉頓結　幽寂簾捲起菊影扶疏正一
庭霜月欲問嫦娥相邀青女同話廣寒宫闕底事天邊
蟾影祇照人間離別吟望處對蒹葭露冷暮雲空闊

踏莎行

聞友以秋海棠見贈調此報謝

靑鬢嚲邊碧闌干右衵僊丰度元韶秀釵橫鬢亂態何嫞西風吹得胭脂瘦　割愛分來同心許靚仌壺貯□嬌難繡風流誰得似卿卿願爲蝴蝶長相守

浪淘沙

窗外雨瀟瀟祇在芭蕉惹人愁思又今宵寒逼羅帷蓮漏永睡鴨香飄　把卷費推敲煙水苕苕玉人何處敎吹簫二十四橋明月夜杜牧魂銷

前調

紅樹

靑女曉妝殘脂盒傾翻和霜研露潑人間染得千林如錦幛圍住靑山　花事盡闌珊誰駐紅顏葭蒼水白雁

聲寒記得停橈斜照裏綠鬟同看

小闌干

早春

無情造物有情天欲問總無言一片愁城四圍愁陣腸斷又今年　生涯如此何堪病觸目倍淒然楊柳風和梅花香冷春也學寒喧

如夢令

纔過禁煙節後又值餞春時候無語對東風淚溼斑斑羅衷休驟休驟忍見綠肥紅瘦

解語花

題陳相之先生近湖山館小照

一篙綠水四面青山山水皆韶秀東風姓畫蘇隄外十里平湖春透小桃細柳看西子芳容依舊權煙波合有高人豔福頻消受　蘇白風流誰復有叅軍此日經綸抱負平原特繡管湖山預兆他年太守詞傳紅藕誇勝蹟應多吟友和陽春畫倚新聲按拍惠予後

鳳皇臺上憶吹簫

寄慰簫慶師悼亡

雲椷星沈鳥唬花落魂銷南浦歸舟任萬般離恨百種閑愁都付西風黃葉隨帶水只向東流空相約南枝梅綻誰續斯游　悠悠蟾圓易缺偏潘岳多情頓折鸞儔怪嫦娥底事遽返瓊庚疇把鸞膠再續彈別鵠數盡寒

籌寄魚書丁甯青鳥早到明州

滿庭芳

題二十四橋明月圖

萬樹垂楊六朝金粉繁華獨擅千秋平山遠水大可豁吟眸無怪當年杜牧銷魂在十里紅㕓曾聞說神仙富貴跨鶴也來游　句留卻不道春風明月盡付名流看珠簾半捲綠螘輕浮飛盞狂吟未了香塵徧廿四橋頭誰還問玉鉤斜畔芳草暗生愁

點絳脣

早春寄步珊姊

簾捲東風數聲花外聞嗁鳥此時裹裹知有愁多少

離恨年年應被青山咲春還早萋萋芳草綠遍長亭道

前調

聽雨

夜雨聲聲杏花消息何堪問小虔人靜澹煞幾燈影

自咲浮漚何苦縈愁悶當前境花元薄命爭柰天生定

醉太平

秋夜

風聲雨聲蛩聲漏聲作成一片秋聲卻教人怎生　詩

隨境叟愁隨境增不堪愁緒詩情總黃粱未成

鳳皇臺上憶吹簫

寄蘭僊妹□光作

眉列春山眼橫秋水天涯能不魂銷況琴書落拓蓬梗萍飄不信離家幾日纔餞歲又是花朝花朝矣紅情宋宋綠簃茗茗　無聊闌干十二曲曲倚將來祇合吹簫李玉簫聲遠淸怨偏饒惟有多情明月仍來伴客館吟瓢應相笑沈腰瘦去不減推敲

前調

流水行藏浮雲蹤跡茫茫碧海青天嘆光陰易逝歲月難延底事離愁別緒拋不去心上眉邊愁都豔夫容秋雨芍藥春煙　堪憐彩毫揮脫徒縈得蠶絲萬縷纏緜縱詩成白雪舌長青蓮究與生平何補誠不若桃李無言空惆悵瑤臺十二弱水三千

滿江紅

渡揚子江感成

滚滚銀濤瀉不盡心頭熱血想當年山頭擂鼓是何事業肘後難懸蘇季印囊中賸有文通筆數古來巾幗幾英雄愁難說　望北固秋煙碧指浮玉秋陽赤把蓬窗倚遍唾壺擊缺游子征衫攙淚雨高堂短鬢飛霜雪問蒼蒼生我欲何爲空磨折

一翦梅

夏日湖上憶蘭僊亡妹蘭僊號湘娥

偶逐閑鷗泛綠波纔聽菱歌又聽蓮歌湖光雨後鏡新磨山擁青螺蒲展青羅　風捲松聲逸韻拖似鼓雲和

不見湘娥眼前景物盡如宅柳比雙蛾頰比新荷

踏莎行

題蛺蝶圖

花落花開春長春短游絲褭褭東風輭美人獨立正無聊往來鳳子情偏眷　芳草神迷海棠瘳顫亂紅如雨揮羅扇愁宅化作彩雲歸卻教飛入鵝溪絹

浪淘沙

題梨花海棠

清酒爲愁澆瘳影苕苕闌干倚偏轉無聊忽見階前雙豔影不覺魂銷　春事已花朝脂粉香嬌更憐紅線伴雲翹最好溶溶明月夜銀燭休燒

解語花

題梅花

竹外橫枝小橋流水正孤山清曉春寒料峭尋舊夢仿佛衣香縈繞多情翠鳥猶向我嚶鳴不了想久姿元是神僊無怪紅塵杳　何日巡櫚索咲更尊傾東閣堂開玉卲詞裁麗藻留芳影金屋深藏窈窕橫斜天矯且圖寫癯僊風貌任江城玉篴頻吹不怕春光老

浪淘沙

題芍藥

昨夜夢揚州廿四橋頭香風吹上小紅樓十二闌干圍錦繡豔我吟眸　對此抵封侯婪尾春留澹煙微雨助

嬌柔金帶圍開徵吉兆紅紫誰侔

前調

寄步珊姊

無計展眉頭秋在心頭暮天新雁起汀洲欲把遠書交與寄又怕沈浮　簾捲月如鉤累我凝眸離褱渺渺水悠悠料得有人同悵望十二層樓

鵲橋僊

題紅綠梅

江南江北水邊月下一樣橫斜疏影昨宵花底獨尋詩又驚得霜禽㝱醒　香生絳雪寒〻生翠裏絕似羅浮僊境折枝欲寄隴頭口應不怕東風吹盡

鳳皇臺上憶吹簫

聽雨

半晌簾纖霎時淜湃忽然颯颯蕭蕭正黃昏近也分外聲驕扶病小慶凝聽聽屋角飛瀑奔濤淋鈴曲何須重譜已足魂銷　飄飄迷離恍惚好似駕孤蓬一葉乘潮想枝頭紅杏應負花朝贏得愁裏如織幸窗外未種芭蕉無瞑夜釭花□□還檢香燒

鵲橋僊

七夕

寥迥蕉雨涼生銀漢到此際鵲橋塡未神仙那有別離情笑下界謳吟多事　碧天雲淨瑤階露冷曲檻幾回

閒倚聰明誤盡世間人肯乞巧再添愁地

燭影搖紅

題陳兩橋先生詩集

七寶裝成風雲月露供描寫浣花箋紙界烏絲尺幅龍光射□□□酒旗□□□□□□□詫翦燭重翻焚香細讀塵襟頓謝　竝看春風杏花壓帽容相亞狀頭合付謫仙才人鏡夫容下方顯文章聲價不負了題橋司馬□□□□新句添來玉堂清語

滿江紅

題吳蘋香夫人花簾詞稿

續史才華埽除盡脂香粉膩記當日一編目睹四年心

口殘月曉風何足道碧雲紅蔫渾難比問神僊底事謫塵寰聊游戲　寫不盡離騷意銷不盡英雄氣儘絲揄恨託紅牙興寄浣露迴環吟未了擷香私淑情難置儻金鍼許度碧紗前當脩贄

前調

流水高山念今昔幾人同調況又是金閨博士玉臺僊藻幼婦從來工織錦美人自古傳香草倚新聲玉蓬譜霓裳知音杳　花影畔予懷渺簾影外東風悄憶梅窗韻冷梨雲癡繞翠裹紅羅人隱約暗香疏影詞飄緲丁亥冬日曾以步珊姊所繪之紅綠梅幅素題承填小令情致纏緜令人神往詎題成尺素寄蓬萊煩青鳥

前調

題□竹樓詩集

綠水夫容羨幕府詩才清絕繼玉茗低吟紅豆高歌白雪北固西風供作賤南徐畫燭欣留客泛煙波聽徹碧簫聲揚州月　湖海恨泥鴻迹古今事煙雲滅看江山如此都歸彩筆一卷龍光騰寶劍千秋慧業傳瑤笈爇名香浣手細披吟心先折

滿庭芳

寒夜對月憶蘭心夫人

滿地霜華一庭月色碧空萬里無雲流光又盡能不惜冰輪遙望廣寒宮殿鑠葳蕤清絕纖塵多情甚素娥青

女耐冷照愁人　去年當此際萍飄蓬合說劍論文自
西風别去神返瑶京堪嘆人閒聚散轉輸與皓魄三分
徘徊處暗香浮動梅影又横陳

滿江紅

重渡楊子江

撲面江風捲不盡怒濤如雪憑眺處琉璃萬頃水天一
色釃酒又添豪傑淚然犀漫照蛟龍窟一星星蠏嶼與
漁汀凝寒碧　千載寥風花滅六代事漁樵說只江流
長往銷磨今昔錦纜牙檣空爛漫暮蟬衰柳猶嗚咽
兒家幾度學乘查悲歌發

前調

登金山妙高臺

破浪揚帆江心寺者番纔到又何異人來弱水身游蓬島頓覺胸中天地闊轉憐眼底江山小御天風我欲逐雲飛情飄緲　追往事重憑弔尋勝蹟窮幽窈想蛾眉偉績才人麗藻玉帶鎮山風雅擅鼓聲振夜煙塵埽捲秋風仍是舊波濤伊人杳

浪淘沙

舟行晚景

漁火兩三星煙水冥冥一行新雁起遙汀辛苦天涯緣底事也學飄萍　何處唱瓏玲腸斷聲聲記曾好句聽湘靈一樣曲終人不見江上峯青

滿江紅

端陽感成

死別生離半年内肝腸寸裂數恨事菱花萎露荊枝壓雪痛淚揮幾千點雨孤衾映徹三更月望霜幃何處覓慈雲悲無極　天中序蒲榴節思去歲傷今日記西湖競渡命題援筆彩綫教搓長命縷霞觴會晉延年席賸孤兒子影奠杯羹空嗚咽

浪淘沙

平湖秋月

皓魄映平湖一顆驪珠琉璃萬頃水平鋪月色波光同浩渺人在仌壺　山色有還無人望模糊一聲漁唱出

菰蒲乘艣忽驚鷗夢醒詩境難圖

前調

湖廔聽雨

霎霎復蕭蕭梧葉芭蕉松風四面捲波濤併作秋聲成一片夜雨今宵　秋思本無聊夢又苕苕二分涼意透輕綃來日湖邊新漲碧擬汎蘭橈

采桑子

秋夜不寐用獨木橋體

桂花香靜宵初承露冷無聲月澹無聲月露無聲伴有聲　聲聲只向疏窗度四壁蟲聲萬樹秋聲來助樓頭夜讀聲

蝴蝶兒

秋海棠

點秋光傍銀簷嬌紅淺白鬬新妝緣何號斷腸　豔極神難寫吟多韻亦香紅絲葉背粲成行西風蝶夢涼

虞美人

冬夜聽雨

打窗落葉聲蕭瑟寒氣鐙前逼病來詩思已無聊添得者般情景助魂銷　霜鴻陣陣飛何急覺有愁難說一番疏雨一番風知否有人憔悴小廔中

南廔令

聞雁感褱

霜梆已三更思親寢不成憶當年血淚交迸徧覓稻粱
供菽水甘旨計苦難盈　聽徹一聲聲教儂恨更生嘆
天涯雨雪飄蕭燕雀安能知抱負翻咲汝字縱橫

憶難忘

春夜聽雨憶孤山梅花定多蕭落輾轉不寐感

而倚拍

一葉輕航向孤山深處載酒尋芳疏枝花綴雪冷蘂玉
霏香縈翠袖映紅妝爛漫闘春光步蒼苔未能輕別生
怕斜陽　歸來兀自難忘悵詩魂蝶夢不度瀟湘何堪
連夕雨更轉九迴腸人無寐恨偏長花露定飄颺想廣
平心同鐵石尚賦篇章

蝶戀花

春暮

柳絮簾櫳春欲暮極目天涯那是春歸路紫燕黃鶯啼不住似曾解得文通賦　自浣薔薇吟麗句緑展芭蕉邀我臨裹素無那吟裏消不去微雲又漏催詩雨

菩薩蠻

題拈花圖

胸羅錦繡文如鳳才人合受名花供三疊奏清平春風鼇背行　黃粱猶未熟妙手傳金粟參透大乘禪拈花一莞然

風入松

讀鏡花緣作

瑤池春暖宴蟠桃仙樂奏雲璈花神月姊無端甚逞機鋒魔劫先招上苑羣芳已放山中棋子猶敲 黃粱夢醒鬢蕭蕭舟汎海天遥異國神山游歷徧老書生清福能消纔把奇花手植誰知仙籍名標

前調

孝娥千里遠尋親生死幾艱辛玉碑已現閨英榜彊歸來伴結佳人嗟若久欽黑齒頌椒同步青雲 蜃樓海市幻中因意蘂豔翻新胸中塊壘消全盡羨蛾眉有志俱伸千古蘭閨吐氣一枝筠管通神

丁酉中秋後四日蘋香姊吳藻拜讀僭選

鴻雪廔詞

玉雨詞

玉雨詞

敘

玉雨詞者新建女子曹愼儀著愼儀前禮部尚書文恪公孫女今兵部侍郎雲浦先生女也適同里顧光祿情昕侍郎於余爲從舅舅母吳夫人素知書止生愼儀一人髫齡授五經卒業女紅餘事耽尚吟律尤工詩餘其至到者雖漱玉斷腸諸集不能過也先是吳夫人以余昆弟於愼儀有一日之長每有篇詠多屬賡和故其詩詞余收錄爲多及夫人歿而愼儀之學已大成顧子又才士閨房酬唱一時媲媺會

今天子以全唐文蕆成下鋟事於榷淮使者廣陵固墳典之肆槧工雲集有王氏者爲弇山尚書舊人往歲靈

巖梓本多出其手江南稱良工焉時余伯兄預司校勘
迺以所藏愼儀長短句若干首授之剞劂而余爲誌其
事至於裁雲鏤月之製滴香滴粉之奇誦其辭者莫不
知之故略之云爾
嘉慶丙子五月儀徵汪全德識

玉雨詞

新建曹愼儀叔蕙譔

沁園春

秋夜病裏

鑪篆煙微瓶花香澹寂寞倚櫳對秋檠一點寒蛩四壁紛然離緒和瘳忿忿繡幕低垂玉鉤不挂倦倚薰籠怯晚風難消遣任病顏憔悴瘦影惺忪　慶頭又過飛鴻縱繫帛天涯信怎逢望萬山霜木自憐凋碧滿階落葉誰更題紅疏孏心情凄涼裏衰吟盡秋聲恨未工銷魂處見半彎殘月扶上孤桐

青玉案

疏牕綠映梧桐樹怎約得西風住怕聽依依蛩泣露花闌獨倚粉鬟閒數祇覺芳時誤　寒塘影暗飛鴻度猶記當時送春路一霎淒涼秋又暮白雲黃葉翠簾朱戶總是掔愁處

金縷曲

題擷秋圖圖寫美人佇立手拈紅豆微睇若有所思

小立螓蛾處黯消魂香奩記曲紅牙按譜謾說櫻桃春恨重不道悲秋更苦似金谷飄殘玉樹怕共朱顏輕擲去倚湘簾嬾更調鸚鵡算總是團圞誤　淒涼好霎成虛度記當時花前舊誓疏星暗數一點離愁吹不撇卻

被西風約住欲寄向天涯道阻珍重同心牢綰結待相逢又恐情難諦試看取泪痕嫵

月上海棠

聞雁

曲屏香燼煙絲絶聽悲涼雁去聲鳴咽病裏詩魂戛春歸落花時節江南遠遙望雲波萬疊　嗅回鄉夢關情切歎飄蕭也似人離別謾說傳書又還愁一行吹滅空淒斷殘影虛窗冷月

小重山

春夜

門掩梨香小院幽綠陰青欲滴雨初收雲披微斂月光

浮心緒孄獨自莫登廔　好㝱也難留那堪思舊事惹
新愁湘闌倚遍晚風柔花露冷春影上簾鉤

武陵春

桃花

燕掠紅襟修竹外微雨溼穠華細葉柔條映碧紗簾額
鏁姓霞　莫逐流波飛絮去飄泊又天涯香㝱還留伴
杏花春影夕陽斜

浣溪沙

和均

春到閒庭風信知一簾細雨養花時嫩寒紙帳㝱回遲
柳緵纖來鶯尙小芹泥掠處燕初歸尋芳又近踏青

期

滿江紅

風箏

細篠纖羅倩誰把春光巧結正晝永秋千人倦尋芳初歇萬種閒愁吹不褫一生離緒牽難絕願天涯有路莫飄颻香塵劫　蝴蝶瘦輕於葉鴻雁影看難别闘韶華若許清明時節花落共嫌落溷雨絮飛同愛雲樓月恍東風吹墮小金鈴和枝折

蝶戀花

暮春

杜宇嚦殘春又暮午瘦初回篩篆籠香霧惟祝東君須

少住莫教容易催歸去　一院飛花兼落絮雨雨風風
斷送春如許倚遍闌干無意緒滿褱愁思和誰語

謁金門

春夜

天乍暝深掩重門人静獨對一鐙青耿耿香銷蓮漏永
寥被鵑聲喚醒斜墜玉釵慵整料峭春寒花訊冷窺
簾殘月影

清平樂

送春

天涯離恨春盡愁難盡祇有枝頭鶯語近不管紛殘香
褪　一簾煙絮輕吹銷魂怕説春歸又見夕陽深院東

風點點花飛

揚州慢

露溼紅妝煙縈翠臚東風尙逗春寒正金猊香燼嬾倚碧闌干又岑寂經時小病任秋千花外鎮日長閒更黃昬細雨愔愔蝶夢闌珊　鏁窗人靜但營巢燕子呢喃□見說飄蕭紅絲曾繫誰報平安贏得春來秋去傷離別憔悴芳顏怕韶光易老名花還帶愁看

賀新涼

元夕

風暝傳柑夕望雲廈水晶簾捲蟾光乍挹妝點星橋春色好萬朵金蓮堪摘漸九陌遊人初集簫管踏歌聲遠

近祇含愁獨向花陰立疏影澹暗香襲　尋梅問柳無消息憶當時輕車寶馬鐙紅月碧不似而今心緒觸對景翻成悽惻枉贏得鮫綃泪溼火樹銀花還是舊歡悲歡離合人非昔囘首處總陳迹

前調

和均

燕子歸來又鬭輕寒廉纖細雨清明時候綠徧堦前芳草色妝點韶華依舊更消得幾囘僝僽綠暗紅稀春漸老恐淒涼花也如人瘦只八愁繫萬絲柳　璅窗一縷香消後寱夢初醒者番憔悴非關病酒別有傷心無限意試問東風知否怎吹去眉間顰綰記得當年彈指處到而

今泪點盈衫裏思往事怕回首

前調

荷花

香汎橫塘路愛天然風裳水佩淩波僊步看盡春英無數豔爭及一枝嬌嫵蔫花底星星凉露綠意紅情銷不盡儘飄蕭秋怨同誰譜被涼思幾回誤　含顰欲語無人處整風鬟芙蓉鏡裏溼雲飛度萬縷愁絲擘不斷誰識芳心獨苦又蘭槳搖來煙渚三十六陂開遍末恰宜它素手纖纖數載明月過前浦

少年游

題楊柳岸曉風殘月圖

帆影橫江蟬聲咽暮秋色滿長亭無限離愁尊前怕聽一曲按秦箏　淒涼今夜知何處魂斷酒初醒兩岸垂楊半彎殘月又帶曉風行

吳山青

聽雨

雨絲絲漏遲遲簾幕低垂枕獨敧閒吟聽雨詩　響荷池戛梧枝香冷燈昏寤覺時愁心祇自知

采桑子

虛亭如水鑪煙裊月颺湘簾露溼春衫小立苔陰翠袖寒　花魂蝶寤挐愁思盡屬眉尖欲展偏難最是黃昏獨倚闌

綠窗春去詩囊嬾久爾銀鈎病裏都休只有茶鐺藥椀留　浮生百事渾如夢欲遣閒愁偏上心頭宛轉迴腸不自由

南鄉子

虛幌颯涼生庭竹蕭疏玉漏淸何處吹來深夜雨聲聲故向芭蕉葉上鳴　睡鴨裏煙輕靜掩屏山剔短檠滿耳砌蛩吟不住叟叟驚破秋窗夢怎成

念奴嬌

暮秋即事

飄殘疏雨又秋光九十忩忩過半庭竹蕭蕭楓染絳小院簾櫳低捲幾點蛩聲數行鴻字九畹芳蘭綻西風吹

老眼前秋色清淺　一派暮景蒼然當時宋玉偏自多
愁感誰解秋深幽意好別有賞心無限況屆題餻一城
風雨蟻綠螯黃滿寒英頻摘短籬又汎金盞

前調

陶然亭秋望

雷聲車走訪城南勝地正逢佳日瑟瑟涼飈天末起幾
點鴻聲嘹嚦曲徑通幽危亭孤聳獨向疏窗立蕭然晚
景惟餘楓色凝赤　一帶遙堞彎環斜陽西下暮靄殘
峯碧冷澹蘆花明遠水飛起半天殘雪雅稱秋深偏宜
雨後砌菊香輕襲可堪憑眺臨風吹徹長簫

前調

題葬花圖

困人天氣聽聲聲杜宇送春時節自是綵雲吹易散早向枝頭消歇風雨無情韶華似夢草草過三月殘英難綰柳絲多化香雪　堪歎瘦盡詩魂綺窗病起忍見春光別斷粉蘤朱飄泊感獨把花埋淒絶香土葬愁紗囊貯恨和淚凝成血此時幽怨祇伊鶗鴂能說

黄金縷

題梅邊美人紈扇

小院梅梢開雪又索笑閒吟雅愛巡欄後落逕疏疏香暗透有人悄立黄昏候　澹月空濛雲影逗篆杳羅浮料峭寒侵袂春色年年還似舊東風知否人憐瘦

浣溪沙

杏半含紅柳半煙遲遲曉日壓琱闌寥冏斗室篆香殘

乍暖乍寒初永晝忽陰忽霽困人天東風料峭孏鉤簾

清平樂

幾番風信又是殘春近病起心情岑寂甚贏得帶圍寬盡　日長倦理瑤徽一簾煙雨霏霏寄語春元如客杜鵑莫更催歸

青衫溼

海棠枝上春將暮吹盡幾番風一年好景花朝草草寒食忩忩　困人天氣雨收萿徑雲澹長空流鶯唲老落

紅庭院飛絮簾櫳

小闌干

疏窗小篆裹絲絲風勁捲簾遲澹日籠雲遠山銜雪又是歲寒時　閒吟索笑巡欄畔幽趣有誰知無限寒香一番春信先上早梅枝

病裏嬾复理桐絲斗室寱回遲最是嚴寒偏難將息風雪小春時　日光彈指斜陽近花外影先知獨坐虛窗擁鑪閒聽凍雀噪寒枝

柳長春

題日暮倚修竹圖

滿逕煙雲一天暝色含愁獨倚湖山立也應有淚灑風

前湘江舊恨空陳迹　翠裛寒生落臉露溼闌干幾曲玲瓏碧疏枝倚徧總無言此時心緒無人識

浣溪沙

題蝴蝶便面

堪愛南園春色妍徘徊香逕獨留連嬌黃嫩綠戲蹁躚最是東風吹易老謝家池館更堪憐纏緜幽夢落花天

前調

料峭春寒透素綃困人天氣正無聊小窗一縷篆煙消出谷鶯兒頻喚夢窺簾燕子又營巢朦纖細雨近花朝

柳梢青

可柰東風部華吹老節序頻更今夜花朝來宵寒食後日清明　那堪細雨黃昏正翦燭西窗獨聽冷澀花魂驚殘蝶夢滴碎蕉聲

醉花陰

怕說尋芳消永晝又是黃昏後寶鴨嬾添香獨檢芸匳往事思量否　滿褱愁思濃於酒泪早盈羅裏燈燼夢無成花影沈沈簾幕東風透

錦堂春

鳳炬尙留殘泪鴨鑪猶裛餘香鳥聲驚起江南夢櫳額透夝光　澹澹煙籠竹徑霏霏露溼花房粉鬟閒數芳

聚裏蝴蝶上釵梁

留春令

竹館香銷綠窗寥斷嫩寒如許倦整鸞釵閒調珍鳥教盡新吟句　又恐韶華容易去撩起春愁緒無聊卻被半簾花霧吹落絲絲雨

聲聲慢

聞雁

鐙昏香燼屏掩簾垂霜風刻地淒緊冷落東籬還是送秋將近忽聽數聲哀雁下虛窗一行雲影似怨語感離魂過盡也無鄉信　月浸寒塘煙暝歎孤飛斷葦欲棲難穩水遠天長博得雪泥纖印歧途更憐繒繳望關山

偏多別恨又幾度警愁暝淸淚獨揾

玉漏遲

詠燈

綠陰涼月暗風簾欲下紗籠初捲病起支離瘦影怕教重見紅豆珠光一點繫多少春愁秋怨思無限香燼漏盡酒闌歌撤　曾記舊日蘭閨正刻燭分題尙嫌宵短爭似而今祇解照人腸斷況對疏窗冷雨耍獨倚熏篝挑倦鄉寢遠心緒落花蕭亂

齊天樂

疏陰月上垂欄樹冷浸綠窗深處小篆香縈畫屏燭冷一片秋心難譜流光暗數憶纈翠簪紅柳橋蓮浦回首

東風歲華草草竟虛度　霜天叓聞雁語又幾宵喚起羇恨如許砌葉凋黃籬枝剪碧怕說飄蕭秋去淒涼別緒歎春寥無痕渺然難據往事思量似輕煙斷雨

惜分釵

傷離緒腸斷句病裏淒涼送秋去孏巡欄怕憑闌燈移虛幌月下重簾懨懨　愁似繭眉如綰難道今生終莫展漏將殘泪空彈寥隨香斷心共灰寒潸潸

浪淘沙

寄外

往事怕思量易斷離腸捲簾又見燕歸梁聞說嶺梅春信早誰寄江鄉　愁繫柳絲長無意尋芳鎖窗鎮日孏

添香一任庭花開復落風雨淒涼

探春

酒不澆愁詞難排悶空把玉罍傾倒鑪篆銷香鶗聲喚寥又報綠窗清曉菱鏡慵窺影祇照我憂多歡少說甚紫陌韶華獨對閒庭靜悄　春色終憐草草歎柳未垂絲心先縈繞春至還愁春歸易近風裏落花如埽倘有經年淚和露溼綠梢紅杪幾曲迴闌猶記那番曾到

沁園春

闌干

掩映花間隱約簾前春痕數重見橋橫水榭湘紋遙接廊環幽徑亞字疏通錦幔難遮金鈴無礙一抹斜陽下

繡櫳堪憐處護緑陰宛轉香影玲瓏　舊游怕覓芳蹤
憶數遍東風冷露中正閒吟柳絮玉纖輕拍倦調鸚䳇
翠衷微籠宋寞人歸依稀寥斷愁似迴腸九曲同空惘
悵賸年來别泪相共凝紅

夜行船

送春

萬緒千頭誰與語憶年時舊銷魂處垂柳千絲斜陽一
抹記相送天涯路　飛絮依然吹暮雨更何堪别情離
緒芳草連天東風剗地祇寥裏隨它去

高陽臺

露片銷紅煙絲颺碧梨花庭院深深怕卷朱簾月痕移

近芳陰依然春盡長安陌甚催歸枝上嗁禽恐難禁瘦褪湘衣病擁羅衾　無聊更自添愁緒見蘭缸微閃蓮漏遙沉過盡飛鴻魚書還盼江潯離裏渾似鑪香冷漸成灰一寸檀心斷魂吟水闊天長有夢難尋

壺中天慢

碧窗似霧正鑪煙輕颺屏山深閉鎮日閒庭春宋宋過盡養花天氣挂柳殘陽滴蕉細雨總是淒涼味病裏蕭索錦欄書就嫞寄　漸看花到將離草成舊夢忍把瑚闌倚香澆落痕紅淚溼薄暮東風又起有限韶華無邊愁緒非復當時意一杯茇尾趁春歸去猶未

鳳皇臺上憶吹簫

落絮風微溼花露重暗香飛上釵頭正涼陰小步眉月如鈎葉底聽殘杜宇芳魂冷好寱都休銷凝處一春幽思覓甚三秋　還休淒涼此後便送得春歸離恨仍留望連天煙草嬾倚危闌莫問海棠開謝蓋紅淚似我盈眸空腸斷焉能并刀翦盡新愁

水龍吟

空階落葉蕭蕭飛來滿紙題紅怨前塵似寱新愁若織縈迴在念玉楮拈殘烏絲摺損纔收又展捹無聊情緒躭暝擁被才思盡江淹管　一縷水沈香淺便病魔料應經遍天涯遙想消閒也仗藥鑪詩卷獨坐心情孤吟滋味秋心易倦悵窗前翠竹凝斑淚漬盡離人染

極相思

韶華愁度年年，都付斷腸。櫛幾時，得共玉枰金盞月底花邊。　香冷屏空心更怯，最惘惶、病起燈前。一點柔魂，十分瘦影，知倩誰憐。

瑣窗寒

細雨縈愁，長更怯寥，暗傷秋意。鑪灰閒撥，消盡一痕心字。記當日、嬌小蘭閨，憨生那解悲涼味。怎韶華轉瞬，淒淒變作，者般愁思。　難寐。挑燈起，便玉管拈殘，苦吟非易。縱寫離情，怎寫病容憔悴。想天涯、寥遠書沈，幾番盼斷闌干。倚看階前楓葉，飄來也化胭脂淚。

憶舊游

甚新愁黯黯舊夢星星芳序同銷鎮日簾櫳靜任鶯閙蝶老過了花朝撩人況是風雨儘度別離宵奈面借桃花眉偷柳葉容易春消　無聊閒覓句記刻遍西窗畫燭雙條底事春如夢又絮黏羅衷香罥金翹往事那堪重省清淚搵紅綃寄此意天涯空憐信轉人叓遙

菩薩蠻

題美人便面

曉煙溼翠花魂冷滿絲衫薄春雲影小步下迴廊一枝紉露香　簪環宜碧玉纔稱秋眉綠記否繡羅屏鶯聲喚夢醒

浪淘沙

斜日半庭陰銷盡春痕曇花小劫付金輪底事些兒蛛網在猶戀香塵　又見藥闌新莫也銷魂浮生蕤據總如雲知否來年春再到可似而今

醉春風

送春

莫把餞春酒春來渾未久綠窗病起試羅衣瘦瘦瘦覓句闌邊簪香鏡裏此情非舊　折盡長隄柳往事休回首雨絲風片送春歸又又又芳草無邊春歸何處問花知否

瑤琴

芍藥

塵消珠幄風定晶簾愛密陰低護題紅品綠知幾許粉本當時閒譜茶煙搖曳又寥斷銀屏深處見穠鬟半卸湘衣倦倚碧紗春嫵　銅瓶小影團團傍一縷金篝應念遲暮含嬌欲語問怎似絲破綺情芳緒離愁懺盡化冉冉綵雲飛去向琉璃繡佛臺前冷沁玉盤香露

天香

牡丹

葉上新詩吟幾鸚鵡回謝庭春困護拂久紈輕撚湘管小白蕩紅相映緩移纖腕閒寫出翠華春影佩環羅鬆膩霞微暈宿酲乍醒　低徊寶闌又凭罥霓裳綵雲欲暝玉潤珠寒偏瑩粉奴香鬟幾許臙脂淚冷算未解

東風後來訊豔詔金蓮宮袍眩錦

高陽臺

暮春閒步花陰忽一蛺蝶偶墮枝下爲小鬟所獲因念有限韶華無多好夢豈忍見其摧殘復令放之翩翩飛去因成此闋

露溼薔薇香縈芍藥依移豔挹春亭驀地飛來羅襟粉墮星星東風吹斷江南夢倩何人輕喚愁醒更難憑草留舊跡幫化宅生　憶曾鄰苑尋芳去有綵衣幻影畫本題名團扇低徊謝庭知否重經應憐雨暗煙枝冷問何如燭夜孤螢囑從今珍重花房莫再飄蕭

摸魚子

記偓源寥中曾到壺中別有幽境深扃玉戶無人迹但見煙飄金鼎誰管領數十二城樓萬點秋螢影塵空日冷便披霧成裳摘星爲佩飛上最高嶺　幾回省碧海茫茫急景白雲爭似高隱洪崖右拍靈巖畔閒語華胥乍醒斜照暝看紫鳳淩風吹出簫聲緊蓬山未迴問悟徹空明何時再證鶴背度滄溟

大酺

春晚

翠篠波微微銀鉤挂暝色漸迷煙樹湘闌還倚遍向綠陰芳砌幾回閒步樓角疏星柳梢澹月暗記篆香新炷被鵑魂喚起賸蛛網飛紅燕泥蕭絮又獨檢芸簽展欠絲

紙[illegible]春歸句　楝雩風信暮望天外極斷峯迴浦慢贏得青衫淚溼玉簫聲寒淒涼譜出霖鈴雨悵小屏曲榭渾不似舊曾經處更休問愁何許鶯花短夢都付陽關倦旅銷盡黯然離緒

浪淘沙

簾影碧沈沈靜掩重門華年逝水感瑤琴任取塵絲添玉軫慵拭紅巾　莫道不愁人寥冷花魂等閒又是一番春最怕斜風吹細雨偏易黃昏

烏夜啼

曲闌一抹斜暉暮雲微又見柳梢殘影燕雙飛　梨香院尋芳劬繡簾垂生怕絮風花雨送春歸

夜闌玉篆香消漏聲遙獨自鈎簾新月上花梢　鄉夢斷春燈暗鎮無聊閒疊紅樹小字賦櫻桃

卜算子

微雨溼紅蕉落逕飛香滿百丈游絲漾曉風怎說春難綰　六曲小迴闌簾影花邊捲試問愁心幾許長宛宛垂楊短

庭院深深

淡月疏簾涼翠館一樣憑闌惆悵韶華□影髣髴羅幃秋寥轉燈搖瘦影屏山掩　絮亂花飛春又晚有盡東風無限離腸斷驀憶當時眉暗斂淚痕點點仌綃染

沁園春

草花

細綰銀絲巧裁玉翦錦片成圍愛繇英爛漫不愁飄泊柔枝綽約何用栽培聽雨春歸惜花人倦惆悵芳菲點翠落無聊甚倩飛蚨幾許買得重開　應教蝶怨蜂猜恰宛似梢頭乍折來向青銅鏡裏綠鬟低墮紫金釵畔素手輕排香借蘭膏暈黏粉黛謾整新妝曉寤回相看遍儘豔紅嬌白獨讓燕臺

齊天樂

玲瓏青瑣春痕隱紅襟護香棲穩紙帳寒生銀屏夢斷繚繞鑪雲微沁疏燈碧暈聽鈴語煙蒸雅搖露影寀寞

草深苔潤點點涼星纖纖新月暗逗眉梢幽恨華年自
警鎮病酒心慵詠蘭才盡曉鏡塵絲怕催雙鬢損

五綵結同心

紫丁香

豔奪辛夷香偷甲煎芳陰深護羅屏獨倚斜陽裏還堪
愛湘簾一桁同名魏家春影歸何處終難似露葉雲英
須珍重煙光細縮莫教容易飄蕭　曾記東風薇省也
依稀濃麗宜繫金鈴雪暈侵肌珠融粉淚脂痕澹淹星
星香塵陌上看花倦又取次開遍閒庭紅窗畔誰拈綴
帶同心小結初成

望湘人

漸簷陰墮翠簾影壓紅愁鎖一庭香霧鬪草情閒皺錢聲杳消得茶煙一縷寥冷西廔自從別後幾番聽雨但天涯燕子來時仿佛那時絮語　回憶離亭延佇便鷓鴣嗁遍也難留住悵雲水迢遙說甚玉鱗尺素祇今賸有舊同游處一抹湘闌深護夏誰伴繡縷吟榭寂寞小窗春暮

玉雨詞

古春軒詞

古春軒詞

古春軒詞

錢唐梁德繩楚生譔

卜算子

偶見王孺人詩愛其五更霜月欺燈影一樹風雅續雁聲句因點竄成閨怨一闋

永夜繡屏孤香爐金猊冷薄帷寒透五更風霜月欺燈影　落葉斷魂驚短寤仍無定窗外雅聲續雁聲不管愁人聽

拋毬樂

小雨吹涼溼桂林畫簾不捲足秋陰吟邊意共青山遠閒處愁隨綠酒深日暮空庭裏北雁飛來動遠音

阿那曲

風吹枯葉自相語霜洗銀蟾澹如許梅花也惜鎖窗寒不放清香過窗去

蒼梧謠

周生意有所感作此戲之

休漾碧波清浣舊愁扁舟去無計暫句留
癡遍繞闌干十二時千金意密密祝芻尼
尋倩影依稀隔桂林迴廊遍不覺曉風侵
愁鎮日無言獨倚廔月如鉤寂寞似寒秋
思一櫂天涯怨別離秋江上可有載歸時
望煙水吳江恨杳茫回春意佛力仗慈航

吟拍遍闌干睡不成明鏡裏一夜鬢星星
憐詩骨伶俜聳瘦肩倩脈脈獨坐小窗前
猜莫是春回燕亦回沈吟處幾度費詳推
空吹落春花不見蹤東風冷何處覓殘紅

百字令

題生香館詞稾

秋空琴響是清商清徵一般悽惻雖乏鍾期山水賞略辨絃桐燥溼蘭秀空山珠明午夜露潔涼蟬翼眉山未接滿襟芳意先襲　爲想結習薰修浮幢香海一寸靈心納我亦絳河曾籜去欲訪錦機消息思比雲忙才如花弱怕被天孫識新詞吟罷幾回惆悵胸臆

乳燕飛

月白風清其有意斗量車載已無名先夫子自挽聯也偶有述及悵觸悲懷不能自已聊賦此闋少抒感慟耳

十載傷心者向常時憶憶猶未忍那堪重語漫說生平無長物賸有綈緗萬架先夫子平日語悵煙鎖當年亭榭一點心兼師與父課孤兒月白風清夜書未竟淚如瀉　而今墓木將成把幾時得青箱願遂笑含泉下偶爾音容頻入寢似在五三精舍齋名柰落葉蕭蕭驚灑縱使諸孤能樹立恐慈幃也易春暉謝支病骨肩難卸

南浦

詠萍

水暎熨韡紋怪無端揉碎澄湖千頃鏡影倚嬌酣魚龍舞一搦纖腰初整飛花滚滚爲誰催作春陰冷傻擬扁舟從此去早有桃鬟相等　幾番皺損柔蛾訝天涯蕩子萍飄難穩幸自不知愁凝妝覓莫向翠廔輕□黏天膩綠添宅南浦魂銷盡待得晚來風乍定吹雨濛濛愁暝

醉太平

月湖秋泛

雲攲銀鱗山圍翠屏蘭橈畫碎波紋閃漁燈一星　絃調素琴杯斟綠醽人行橋上三更遍乾坤月明

南鄉子

寄四兒邵武

迢遞阻關山輾轉柔腸去住難便是華堂開夜宴愁看柏酒雖濃未解顏　寄語且心寬春水生時好放船此夕衙齋清絕處遙憐爆竹聲中又一年

前調

元宵賤別

去住別離同此日心情似轉蓬勉向燭龍看鬬舞玲瓏香霧空濛燈暈紅　病怯柳絲風纔唱驪歌意緒慵骨肉江鄉千里寱惺忪回首雲山隔幾重

憶江南

示蘋香穎卿

春風裏相約倒金尊楊柳綠遮隄畔路桃花紅入水邊邨何處滌愁痕

前調

蘋香穎卿即席見和復拈此解

重簾捲排悶集吟尊山谷詩名傳繡閣寱窗春恨賤江邨秀絶墨花痕

浣溪沙

望三女不至寄之

病軀孱弱不勝衣十數年來百事非寱魂常繞舊京畿

心爲傷多纔學佛人因病久竟成醫衰顏彊駐徛兒

歸

金縷曲

杭有章娘者故隸山西裴中丞家通曉音律從師學琴以轉授女公子中丞與高相國姚尚書密戚也每會集使章娘鼓琴無不激賞其後嫁尙書僕某中丞歿後隨其夫流轉武林傭於人任煩辱之役偶至余家爲余鼓琴因言往事感喟者久之嗟虖才人厮養念華屋而悲生商婦琵琶感靑衫而淚下爲譜斯詞亦庶幾有以傳章娘也

簾捲東風冷正花前鶯聲漸澁半凋紅影花外悄悄藏

楚弄玉手明徽相映仿佛寫熙春麗景忽作淸商翻怨
調似秋空朔鴈飛無定沙塞迴夜霜警　一時四座無
言靜斂絲桐逡巡再拜細陳萍梗憔悴朱顏今已矣寥
斷紅廔金井叜耶望知音傾聽柳絮浮雲根蔕杳枉嬌
癡閱盡繇華境謗往事意悲嗄
甲第河東冠護芳姿金籠翡翠盈盈偎伴記取雙名書
線夾只八許鸚哥偷喚塵不到玉娥窗畔香影花光初學
步太憨生時博閨中粲朝繡幌暮雲幔　午橋池館淸
幽慣頻懵宅新聲嘈囋穿絲透管喚取師曹教小玉指
點吟揉抑按算眾裏獨推心腕生結名香焚篆鼎傍妝
臺細鼓淸音緩五弄罷月初滿

姻戚崔盧貴倒金尊蘭堂日午廣筵佳會輭舞嬌歌都
過了志在高山流水催一霎妝成奏伎上客低徊頻注
目爲兒家一洗箏琶耳嬌顧影自矜喜　當時只解耽
遊戲一年年桃鬟高竝柳絲鶵繫弱蔓孤根無處著隨
分縈依荊杞也算做花開連理茵溷飄蘦元不定判百
年人事長如此渾不計電光駛
金谷緜華息夏驚心喬松鶴去大絃聲急絲管春風前
日事悲動白楊蕭瑟對弟子青娥暗泣小隊銀箏蘦落
了玳梁邊誰管雙棲翼秋燕影浪萍跡　燕飛萍轉錢
唐客鼓飛濤洽洽江上尊前鬢白換羽移宫傳別恨回
首蓬萊雲隔但海水數峯搖碧停拂銀鉤增悵惘坐幽

篁爲譜胡笳拍詞未盡淚盈臆

古春軒詞

洞簫樓詞

洞簫樓詞

洞簫廔詞

山陰王倩梅卿譔

滿宮花

春倦

紉湘蘭擢玉李春事又過半矣釀愁風雨近清明都被林鳩喚起　睡曹騰倩旖旎瘳墮碧桃花裏枕函無柰鬟雲鬆扶向鏡匳重理

浪淘沙

天眉空山聽雨圖即用自題元均

鴈字遠天橫萬樹煙平吹來急雨逗離情聽到凄涼瞑又起捱盡殘更　空響四山聲知是風生小窗孤枕薄

寒、清寱醒那禁愁況味影瘦鐙明、

甘州

次均題小蓬萊山館詞草後

新聲吹入破訝天花朵朵向空飛怎愁濃似酒才清似雪語總依依想見山橋水驛到處遍留題祇有褢人寱不隔東西　誰寫蓮臺小影叜招呼明月照澈沈迷只吟情未了中夜倚林扉管聽取旗亭傳唱絕勝宅絲繡上弓衣商供養碧螺茶嫩紅豆花低

菩薩蠻

題天眉素春圖

帬腰一帶蘼蕪草山深那許紅塵到昨夜幾蕤開月明

人未來　雲依花竂穩竂入瀟湘冷何處著春愁煙波只似秋

前調

午窗人起桐陰轉綠雲覆滿深深院隔水一枝低待它幺鳳棲　小紅呼不應知去催春茗最好晚涼生玉簫吹一聲

醉太平

題蘭村湖上雲萍圖卷

山雲水萍風吹合并多君乞取詩人爲西湖寫生　蘇隄月明白隄柳橫秋光不異前塵只寒山略青

金縷曲

花影同竹士作

到眼朦朧極記宵來廧陰簾角似曾相識四壁横陳扶不起愁煞棱棱玉骨訝消瘦比儂還怯枝葉模黏香氣澹凭空空怎把秦宫活工寫照五更月　渾身滴露何常溼只無端銀鐙狡獪弄它明滅幾度臨風教起舞不管阿嬌無力怪一霎將人抛撇胡蝶繞階棲未穩悵成煙紫玉誰能郎癡小婢欲偷折

前調

花魂同竹士作

何處尋君迹怪春來落紅成陣苦催離别斷只因風銷爲雨受盡幾番磨折渾不信呼之背出除卻東皇旛一

肯傻上天入地應難覓來婉婉去飄瞥　投槭會向天公乞好教他封姨十八深憐輕惜絲勝高懸鈴漫語禁住聲聲椆鐵勸安穩依栖香國那用巫陽煩帝遣有前生蝴蜨能相識咲翦紙計非得

減蘭

謝端和女史胡蜨椒囊之贈

春風吹送昨夜蘧蘧先入夢竟體氤氲不是尋常花氣熏　須椒無計孤負錦囊親贈與忍傻輕焚扣扣相依過一生

菩薩蠻

題月季花神像

深紅淺白番番換生來不受春拘管相對又思家閶中曾種宅　惜花情鄭重小倚闌干弄儂意要親攀和伊簪兩鬟

翦湘雲

蘭舟居士寫湘夫人于扇霧鬟風鬟飄飄有淩雲之意爲填此解

螺髻推煙鮹衣翦霧問踏浪呼龍幾度來去木落天空秋渺渺極目佳人何許訶西風寒到洞庭波猶弄珠延佇　惆悵岸芷汀蘭寄愁無處只月姊封姨相伴容與犀佩玲瓏蛟帶緩約住巫雲縷縷顫芙蓉仿佛降湘君又神靈飄雨

百字令

題劉湻齋先生快然小築詞後

天風海水詡如椽大筆壓他秦柳那得珍珠千萬斛撒向鑾樹亂走手捉蛟虬脚翻鸚鵡當代知誰偶狂吟高唱一聲聲徹牛斗　休歎纖斧輕拋朱門客散雲氣成蒼狗餘事千秋誇盛業金印何須懸肘絲竹閒情尊鱸傍此天待公消受旗亭畫壁謫仙也合低首

前調

酬季湘夫人見和前均之作並乞題梅影圖

秦虔天遠喜臨風咳唾都成珠玉豔織迴文清散雪埽盡紅塵十斛倚月徘徊折花供養那厭千回讀相思難

寄幾宵寥繞金屋　誰憐吳市簫殘雕梁燕冷江海頻
飄泊極目夫人城在望拚把受降城築詠絮情深班荊
緣淺愁唱將離曲畫圖無句姮娥應笑人俗

前調

疊均送涫齋先生之邗上兼謝聯額之贈

杖履春風得幾回親侍便歌折柳只有大容湖上月隨
著文星西走鶴館聽簫荷塘打槳合喚神仙偶元龍氣
盛高吟醉酌金斗　漫誇圍解青綾詞翻紅豆畫虎終
𩦸狗何意報瓊重握管不怕汗揮襟肘筆勢騰虹墨光
浮藺福薄難消受留公不住花前再拜稽首

前調

孫平叔孝廉招同竹士陪侍澹齋先生爲管社
之遊歸述其勝三疊前均

拍天煙水問何人卜築徧栽楊柳險絶獨山門兩扇攔住太湖東走環石爲城誅茆作屋結搆原非偶此間小隱折腰肯換升斗　最憐蟹斷連郵菱花拂櫂到處喧雞狗大好淸風來四面頓覺涼生雙肘螺髻千鬟波濤萬頃把酒同消受累儂神往夢醒幾度搔首

前調

酬澹齋先生見贈之作即次元均

古人不作笑紛紛餘子浪誇繡虎何幸洞庭張廣樂肯和蕢洲蓬譜宦海波平英雄氣斂戲狎漁樵侶梧窗把

卷吹來瑟瑟風雨　可惜彈鋏偏遲識荊已晚未得依
染廡賸有小詞供研削樂府新題重補駿骨徒存蛾眉
羞畫入世誰堪語蘊憂無地朗吟恨別諸賢

前調

蘭舟爲盆石寫照玲瓏入妙屬塡此解

層巒疊嶂怪秦人海上驅之而走幻成小有仇池穴邱
壑天生結搆青蝕落痕白蒸雲氣縐瘦眞無偶瓦盆淸
供論交惟爾還久　卻喜潑墨隨形拈毫寫照排立眷
髯叟展卷芸窗相比竝傻石也應點首化討通神潄思
礪齒珍重藏囊裹辦遂米老定教下拜求友

前調

季湘世姊索寫梅花長卷題此奉贈用前均

幾生修到算梅花有福得依弄玉只是清寒貧骨相那值珍珠百斛挂月枝斜扶煙影瘦相伴人雙讀道春去也一分留貯金屋　徽倖雪立程門經傳馬帳畫理時評拍墨瀋淋漓香滿壁頗憶快婿小築千點含愁數行留别好當陽關曲前身漫擬恐宅姑射嫌俗

滿江紅

題姜冶夫姓郊放犢圖

一抹濃陰恰遮斷溪西茆屋只白石徜徉林下獨驅黄犢千澗雲迷斜照澹十圍柳臥春波緑算眼前受享幾何人田園福　塵十丈京華轂米五斗天家禄儘紛紛

金紫那如君樂扣角無歌棲隱好耕煙有地平生足況神僊尉後授奇方能醫俗

江神子

歸吳門舟中作

隔宵相約戴星行醉難成寥難成草草妝梳吹燭等雞鳴不是征人留不住有無數暗愁生　芙蓉湖水接天平望歸程算歸程帆飽東風已過短長亭多謝龍山相送遠林缺處一螺青

長相思

雨夜

風瀟瀟雨瀟瀟燈暈紅星不耐挑寥兒和泪拋　醒無

聊醉無聊似恐離人魂未消隔窗多種蕉

菩薩蠻

女伶索贈即書其便面

梧桐雨洗池塘碧卷簾花氣絲絲溼紈扇晚生涼步搖斜鬢雙　冰綃通體薄合唤玲瓏玉記聽四絃秋月明人欲愁

前調

題袁麗卿夫人所繪弄玉小像

彩雲飛盡銀蟾吐淒清自按瓊簫譜溼透綠羅裳人間風露涼　娉婷誰比擬合嫁神僊壻璧月下秦臺招宅騎鳳來

前調

題巫娥小像

巫山月落楓林黑，朝雲暮雨尋無迹。何處楚陽臺，美人來不來。　風鬟兼霧鬢，誰寫天然韻。一咲記曾逢，昨宵殘夢中。

浪淘沙

馮玉如月夜聽簫圖

酒醒夜凄清，何處簫聲，破風風吹斷又譶星，那有幾多愁思在，謕不分明。　想得薄寒生，露溼簾旌，沈吟還自繞堦行，依約碧桃花底影，斜月三更。

踏莎美人

何夢華西湖買春圖

山黛舒顰柳眉展喜何郎買得春歸矣銷魂親指與嬋娟知否十年夢繞斷橋邊　簾卷花梢妝成鏡裏五湖一舸差堪擬蓬窗人影望如僊願化鴛鴦飛傍總宜船

昭君怨

殘夢一絲記起只是無頭無尾小倦倚簾鉤嬾梳頭眞箇風狂昨夜滿地櫻桃花謝雙燕語闌干諵春寒

綠意

綠牡丹

花開頃刻把好春占斷穀雨時節小院迷離一片煙光誤它蜂蝶尋覓誰擘翠裹當階舞已壓倒澹妝濃抹似

綠華睡醒瑤臺霧髻風鬟堆碧　漫數藍關舊事並頭雙笑處眉黛猶溼繡幙深圍弄影娟娟譜入清平尤絶生綃擬寫傾城態拚費卻煙螺一石怪侍兒勸插雲翹青鬢柰儂非昔

南浦

春水用張玉田均

一碧影搖空卷殘煙恰似匳開清曉昨夜報方生邨南北已把游塵淨埽櫂歌何處鴛鴦驚蔽圓漚小梅雨幾番添幾尺漸沒汀洲芳草　坐來天上浮查指彎環溪路僊源近了萍藻半浮沈落磯溼知有浣紗人到相思渺渺桃花潭上離筵悄儻見漁郎須問訊流過落紅多

少

前調

秋水用前均

一色遠連天最銷凝江上月斜煙曉倒影浸芙蓉澄鮮極豈待鯉魚風埽楓灣柳港星星紅露漁鐙小惆悵楚魂招不起蘦落幾多香草　者回寥度瀟湘訝沙清石淺比前退了打槳入蘆花野橋斷偏有鷺鷗尋到予裏渺渺浮家人去煙波悄那更霜濃洲渚冷漸漸采菱船少

清平樂

春盡日寄羅雲

鶯嘑燕語婉轉催春去莫問近來愁幾許陣陣落紅如雨　無聊暫理箜篌相思欲訴還休多謝昏黃幾月勸人小倚廔頭

前調

寄玳梁

傷春傷別愁對孤花說似水韶光留不得又是銷魂時節　竹西消息茫茫江干空倚斜陽怕見遠山眉黛教人猛著思量

前調

雨夜寄佩珊

沈沈夜雨寥也難尋去留得幾釭和影語香冷藥煙一

縷　隔窗花漏遲遲替人暗續相思央及紅鱗六六莫將病諵伊知

前調

寄姗姗

橫塘一舸有約何曾果便是肯來花下坐已把好春錯過　讀書寫韻生涯神僊要算它家安得買田湖上就卿同種胡麻

赤棗子

新病校怕人憐橫膝瑤琴待整絃卻咲柳枝還倦甚央郎扶起又成眠　眼兒媚

本意有贈

翦水天然人鬢流無計賺囘頭歌闌燈下酒醒枕上半鄉橫秋　背人一咲嫣然處密意暗相酬銷魂最是睨郎薄怒闌客佯羞

采桑子

妝成池館熏香坐何處飛花吹落窗紗不信春歸燕子家　猛然記起宵來事爲惜韶華瘳到天涯聽遍鄣鄣唱采茶

疏影

徐孄雲明經索畫梅爲贈題此誌愧用玉田梅影詞均

鯀枝浸月記空山作伴儂也幽絶底事東風催送春歸彈指不堪攀折美人天遠相思甚怎排遣酒醒時節試替伊貌出橫斜一抹煙痕明滅　君是徐熙儔侶墨花香潑處絶代高潔那便傾心索畫前身玉遂頻頻吹徹咲儂萬事看如水只愛覓此中生活挂銀屏莫訝清寒冷褒久成仌雪

調咲令

明月明月底事纔圓便缺斜輝一片無情流照羅幃冷清清冷清冷寱醒半牀花影

前調

春曉春曉一粟銀釭焰小繡簾風警花鈴宿醉懨懨未

醒醒未醒未誰敎鸚哥喚起

憶舊游

題萬小廉招香喚玉圖

記鈎簾待月揀柳聽鶯斟酌橋邊冷落淸遊興怎無端畫裏重見釵鈿倚來六柱船窗春水亦知憐嘆錦樣韶光銷磨如此要算神僊　歌聲遏雲住評花扶嬌影扇隔羞顔誰寫銷魂意便忘情似我癡也纏緜尊前按拍年少況是杜樊川只易惹愁生鐙涼酒醒風滿天

高陽臺

蒋苣香名如蘭曲中翹楚也毋爲大家遣妾遂誤落煙花冷濟性成兼工繪事宛僊女史爲摹

拈花小影愁容病骨婉婉可憐因題此解

素咲拈花怯寒避月珊珊訝是飛僊綠鬟亞絲知宅憔悴年年漫言生小工愁甚便無愁瘦已堪憐語淒然爲問同心只有湘蘭　昨宵夢去分明見記倦眸窮水芳氣吹煙空谷香清挪容蜨繞帬邊幾多幽怨憑誰譴拚離騷重整琴絃笑人間桃李尋常並蒂爭妍

留春令

自題畫梅卷

雪壓猶花月斜自影一枝誰折夢醒羅浮賺他翠羽誤報春消息　倚竹臨溪風韻絕索咲渾相識美人何處相思難寄怕聽高慶遂

聽雪詞

聽雪詞

聽雪詞

琴川歸懋儀佩珊譔

念奴嬌

贈綠春夫人

空山流水悄無言，領畧美人幽意。一片聰明冰雪淨，吹到芳香滿紙。倩月摹神，裁雲作稿，喚得靈均起。風生裹裹，感君珍重緘寄。　遥想雅𡖖孤貞，清芬難悶，終作騷人佩。眉月初三新有樣，筆蘸春山濃翠。蘭韻偏清，蕙心是素，永結雙頭蘂。憐卿南郡，玉臺佳語同紀。

水龍吟

題含翠閣主人遺影

萬峯環繞西湖一樓臨水延空翠花明柳暗名姝國士一雙同倚春㝱回頭秋風信杳彩鸞長逝把碧漲三篙落紅萬點都化作傷心淚　留下雲樹密字念征人封成未寄絮仿偲才花傳小影鍾情如此馳驟風雲飄蕭琴劍河陽憔悴倩良工畫了新詩題徧喚芳魂起

一斛珠

送春

鶯聲漸老慨慨薄醉添煩惱天涯綠徧王孫草蝶倦蜂慵宛轉春歸早　滿院濃陰人悄悄落紅幾點風前裊半窗疏雨黃粱覺兒女英雄一樣傷褱袌

前調

送劉春卿公子北上

片帆煙雨送君又送春歸去水面忩忩剛數語漁火星星回首江天暮　聞道才華追七步玉驄重踏春明路僊子總應天上住千里關山莫厭風和霧

百字令

天香正烈被金風吹墮滿庭黃雪小雨幾番風幾陣漸漸涼生衾席香徑落封野塘水漲一片傷心碧昨宵無寐起來梳洗無力　縱使鍊就金丹膏肓頓起難解眉尖結回首三生留寱影休與鍾情人說敗葉吟風寒蟲弔月輾轉添淒惻微吟斂枕半窗燈火明滅

鳳皇臺上憶吹簫

題唐陶山刺史鬢絲禪榻圖

一片靈機，三生慧業，竹鑪煙裏微茫。柳外燒紅數點，飛上禪牀。大好文章經濟，多半寄、茶韻花香。放衙早，避它熱惱，樂此清涼。　江鄉太湖縹渺，喜官還似佛，醫爲民蒼。叟手植夭桃萬樹，管領春光。燕寢風恬晝靜，蒲團坐、心孕清香。聽松下，沸泉細譜宮商。

一斛珠

夭桃開了璅窗。連日春寒峭，催人鏡裏朱顏老。髩子慵梳，睡起添煩惱。　古寺鐘聲驚報曉，一宵魂夢徒顛倒。萬千愁緒收藏好，暗拭啼痕，彊向人前笑。

邁陂塘

葑山觀荷

問江妃爲卿來者賞音千古能幾蘭橈蕩入花深處先愛撲襟淸氣人乍起更難得紅妝新埽眉山翠倩風扶住看帶露盈盈淩波渺渺宿酒殢殘醉　凝眸處花亦銷魂無語萍鄉相對延佇橫塘不是僊源路可許舊遊人渡時欲暮漫想到愁紅怨綠迷煙霧離愁正苦怕荻岸秋高鷗波瘮冷心事和誰訴

沁園春

悼四女殤

剖藕連絲摘瓜傷蒂尋思柰何悵無端觸起淚懸眼角猛然驚醒痛入心窩掌上周旋褁中摸索想像而今得

見麽傷褱甚筭鍾情累我薄命憐它　天呵慣把人磨料無計將身脱愛河悔平時看待幾般錯誤病中調劑大抵蹉跎總角簪花扶牀覔姊泡影忩忩一霎過歌當哭歎柔腸斷盡淚已無多

陌上花

題秋燈聽雨圖

西風漸緊新涼微逗寸心秋警蕉葉商聲敲碎半窗涼影玉壺句譜欠絃肥幽韻和它淸勁似分明聽得悲秋人道此聲難聽　慣縈愁攪夢蕭蕭瑟瑟不是離人還醒一點銀釭那比昨宵靑烱夜深倚倚書帷坐儘耐輕衫微冷是天公付與十分詩意慧心人領

鳳凰臺上憶吹簫

題瘞花圖

芳草黏天垂楊蘸水聲聲嗁鴂催春把玉人驚覺鏡裏眉顰昨夜紅窗風雨知多少墮溷飄茵相憐甚花真儂命儂是花身　紛紛埽來還滿將紅裹輕兜不放沾塵向水邊林下築箇花墳讓與鶯兒燕子寒食候好替招魂湖山背何人聽來悄揾嗁痕

摸魚兒

題王四峯文學采菱圖

蕩輕橈綠楊花輭蒼茫遠水無際菱花似雪鋪湖面拚映嫩紅嬌翠枝葉胞喜指爪玲瓏不怕纖芒刺含芳孕

美想沁雪詩腸粲花妙舌恰稱此清味　紅塵裏多少虛名幻利蕭閒裏襄能幾沿隄朵朵歸來晚搖蕩滿湖雲氣柔艣曳驚宿鴈成行齊向沙汀避斜陽蓬背正細剝青尖亂堆輭角醉喚水僊起

風蝶令

題美人便面

畫裏春風面褱中明月光綠陰消受午風涼料得愁深瘳淺不成妝　窈窕神僊質聰明玉雪腸句成應是費商量待看筆花吹作滿身香

水龍吟

題廖裴舟茂才雨窗褱友圖

分明瘮到巴山瀟瀟一片商聲滿昏燈一穗離愁萬種和誰同翦瘦竹枝敲殘荷葉碎敗蕉心顫把錦椾擘了新詩題就商量覓傳書雁　休道山長水遠但凝思依人如見芝蘭臭味雲霞交誼見猶嫌晚一別三秋撫今感舊水流雲樹問何年此夕聯牀共聽訴離居怨

百字令

病起即事

節過重九負登臨怕見遙峯秋色剛擘雲椾書數字病起十分無力任爾聰明憑它解脫那跳愁城出秋天難曙聽幾蟲語啾唧　追憶一枕邯鄲黃粱未熟縹緲梯瓊級玉女瑤姬齊咲我久向紅塵逃匿月引珠宮花招

蓬島滿東天香襲雞聲驚醒紙窗初放微白

沁園春

題畫

春滿蓬壺簇擁羣真繡幰降庭看朝霞映雪神光不定遠山横黛逸均横生一片聰明十分慧解妙手龍眠畫不成憐嬌小但櫻唇纔啟玉頰微赬　知音最惜惺惺算僥倖三生夙聚萍歎容華綺句徒傳倩影太眞玉鏡總是虛名梳染脂痕盂留香澤陳蹟空餘無限情將身代化彩雲萬朵園住卿卿

清平樂

十六夜聽雨次圭齋妹春月之均

夕陽西下月向欄前挂香靄空濛花瘦惹此景宜詩宜畫　輕寒一縷穿寮夜深沈水添燒樺燭清尊昨夜昏燈冷雨今宵

琉璨窗下別去心常挂最怕雨絲風片惹一段離愁細畫　生增燕子窺寮春寒獸炭還燒架上幾書幾卷消磨白晝清宵

元作

水晶簾下新月娟娟挂料峭柳條風暗惹花影一庭如畫　微風寒透窗寮畫屏銀燭高燒寄語海棠休睡莫教負此良宵

金縷曲

新涼

海國秋生早向晚來瀟瀟疏雨濛濛斜照不耐羅衣涼似水彈指中元過了添一種悲秋裹裒往事凄涼頻入寥寥囘時徹夜蟲聲鬧鐙焰小窗紙曉　愁來窗下翻殘稾感知音般般憐惜同心同調天半龍門高許入也算三生修到口到此閒愁都埽準備花前聯雅集算良辰只有中秋好金縷奏玉尊倒

探春令

疏鐙一點閃窗櫺觸萬千情緒憶前宵聽啞啞學語猶伴我唫詩句　明珠入掌留難住乳燕辭巢去恍嘑聲在耳霎時分撇寥也無尋處

聽雪詞

古雪詩餘

古雪詩餘

古雪詩餘

西川楊繼端古雪譔

畫堂春

晨起

嚦鸎那管別愁濃催人小立廊東落花和雨攪飛紅撲上簾櫳　況味彊消尊底形容怯向匳中昨宵有寱語離衷記得喁喁

前調

意別

春山春水繞離思垂楊新綠絲絲索居情緒半成癡嬾譜新詞　記得蘇臺分袂尊前彊自扶持桃花落盡有

誰知暗蹙雙眉

前調

新燕和周碧霞均

東風簾捲杏花開忽驚燕子飛來瑤光㪚向翠屏隈宿近三台春秋運斗樞云瑤光星㪚爲燕領紫襟紅猶昨營巢認主低徊烏衣經過舊廈臺芝草新胎酉陽雜俎云句曲山有神芝種五其三名曰燕胎芝

十六字令

春懊惱深閨客裏身難排遣落絮況愁人

醉太平

夜坐

拈花辟塵題槲拂雲攜琴月上蘭藁對春風酒尊　傷心病身裹清養眞三高六逸儂欣姓名香自焚

謁金門

關心事流水落花春去可惜一年風景暮教人愁怎訴別後幽思幾度自恨此情誰訴錦字而今空屬付鴻飛留不住

荷葉杯

十月塞邊寒雪初別淚痕新滿裹離思對誰說腸絕是何因

開元樂

惆悵階前梅對今年幾度春花猶帶別時淚影郎行何

日還家

傷情怨

秋夜

夜靜庭空月轉曲闌干倚徧惹著幽思滿天來去雁

消息於今寱斷待寄書雲水程遠淚溼羅衣西風寒撲

面

南柯子

澹蕩和雲上光明擘霧開驀地透窗來入幃驚寱醒起

徘徊

河傳

擬百末詞詠閏中十二月詞

曉起妝整新様翠鈿又翻華勝頌椒堂上迎禧問寢繡
袿頻斂袵　鬧蛾半月鐙期近艮宵冰雲母開玉鏡綺
疏梅蕚香噴試花風一信

前調　又一體

春仲春陰如瘮翦翦輕寒一雙燕影下瑚闌香燼鷓鴣
斑　棠梨早向東風嫁新紅星閒趁花朝暇小廔聽雨
又清明關情餳簫處處聲

前調　又一體

送春何處一池微雨依依落絮踏青還約鳳侶寄語湔
帬臨洛浦　彈棊笑指金蟬賭偏輸與偷招花枝補蕩
春愁木蘭舟休休春歸不可留

前調又一體

寥短春遠晝長人倦葦箔蠶勞桐花鳳孏恹困忒煞無憀亂紅飄　茶香焙得山前後花瓷鬭茗歙清於酒輕雷過雨池畔細數荷錢入梅天

前調又一體

繡戶重午絲絲纏玉寶釵簪虎拂薰風石榴紅簫鼓錦標看競渡　一霎炎蒸蕩波面珍珠濺浴竟新妝倦理雲鬟試生綃偷描遠山痕暗銷

前調又一體

團扇團扇影形相伴蘄簟紗幮浮瓜沈李晚風初入壺迸明珠　絲絲茉莉簪璃朵蟬翼彈寥也香無那起來

殘月下西廔梳頭露華淸鏡流

前調又一體

雨過林霽嫩涼初到新秋天氣穿鍼恰上曝衣廔同倚晚霞如織綺　七襄軋軋何時歇經年別人世休嫌拙渡銀河靈鵲多蹉跎海枯情不磨

前調又一體

桂華籠霧廣寒高處珠宮琳宇夜如何聽取素娥歌舞誰倫仙樂譜　秋分恰喜人圓也金尊把拂袂天香惹礦元霜蟾影忙吳剛應知不老方

前調又一體

重九攜手繡窗蘭友玉斝香醪小園亭榭也登高相邀

詩緘方勝招　人人過盡長天雁無書盼不管西風晚

月籠紗映秋花休遮鐙屏菊影斜

前調又一體

林杪春小丹楓色老黃梅信蚤瓦溝霜影寒意深閨不少翠裘紅袖襖　瓅窗容易殘陽墜猧兒吠夜永愁無寐倚熏籠鴛被重香融細然沈水烘

前調又一體

冬至亞歲粉脂添九九圖開鳳匳雪花五出輕可拈叉尖錦心吟絮鹽　姓旭翻疑聽雨急懸欄滴久筋堅盈尺月三更寒色凝蕎驚玉釵風折聲

前調又一體

歲臘尊檯蘭閨酬畣百子桃符宜春又貼終夜咲酌屠蘇蓮花聽漏壺　不暝等得新妝換銀釭燦鑪火頻添炭頤人生百歲廝守比今宵莫輕拋

驀山溪

寒夜聽雨

紙窗風裂攪碎櫚牙鐵更凍雨廉纖和長夜欺人倩劣心頭耳畔打迸著銷魂小梅邊修竹裏點點眞愁絕關山寥遠斷送人輕別待卜與姓時祗除是五更微雪鴛衾耐冷準擬不成暝篆香殘譙鼓澀鐙影看明滅

蜨戀花

春陰

料峭春風還做冷煙雨空濛花睡何曾醒幾樹綠楊深院影溼雲如幕愁天近　鳩婦呼姓姓未準載酒蘇隄遲了尋芳信貝葉學書消晝永小窗閒試泥金粉

江神子

新柳

柔情不斷恁年年小池邊曲闌前誰撚絲兒搓得綠陰圓邐迤六橋橋畔影宜帶雨更拖煙　纖腰齊舞鬬嬋娟摻香緜別離天無那春愁三起復三眠不是東風偏愛爾真嬝娜受人憐

百字令

海棠

綵絲誰綰似紅兒待聘錦帷春鏁粉本燕支爭畫到無比輕盈婀娜弱不禁風嬌還帶雨春有痕難裹玉纖摘去絳雲飛上釵朵　早又時節中和清明漸近香滅熏匳火欲繫好春無氣力遲日懨懨低嚲殘夢初迴宿酲猶倦判得銷魂我高燒銀燭夜深休放花臥

綺羅香

病起

對月愁瞑看花嬾起瘦損東風人面藥鼎茶鐺春與病魔相伴過宿雨猶帶輕寒喜朝旭乍囘新暖且消凝埽室焚香開簾飛出畫梁燕　琴書還自點檢問煞鞠通脈望芸榆湘管宋寘韶華彈指豔陽霎換歌宛轉紅杏

妝殘舞裊娜綠楊煙輭憑無言似諱多情曲闌時倚徧

瑤花

詠梔子花

塗香暈色膩粉團酥產瑤池仙境梅風乍拂看六出差與雪花相近晶盤貯水常伴得玉纖清潤哄綺窗對此同心也算合歡獨忩　朝涼恰好梳頭稱蟬翼輕分斜壓雲鬢菱花月滿釵朵重不減舊時丰韻多情蛺蝶又栩栩飛來相竝誤幾回寥醒紗幮尋徧小屏山枕

滿江紅

過林和靖先生墓次香巖詞均

千載湖鄉天賜與孤山一曲憶當日梅花深處先生華

屋冉詔不來心似水白雲留住人如玉悵而今風雨蓽門荒春波綠　擬傲骨淵明菊標勁節坡仙竹問古今同調清流誰屬枝上幾香吹未盡隄邊疏影看難足且攜將春酒醉詩魂梨花熟

買陂塘

西泠送春

最難忘六橋煙柳清陰搖蕩如許東風吹得春來蚤怎不繫將春住成寄旅聽記拍紅紅唱徹黃金縷深沈院宇漸抬翠人稀添香夜短獨自甚情緒　渾無據惆悵鶯啼燕語韶光容易飛去青山綠水還依舊瞥眼頓成今古傷別否試問取春歸可是春來處摧花落絮又併

作黃昏疏疏淅淅幾陣打窗雨

金縷曲

憶母

兩載萱闈隔。寥魂中、相依歡笑，宛然疇昔。痛煞椿庭長逝後，蜀嶺吳山分翼。聽杜宇、催歸聲急。身不爲男終遠別，看慈烏、返哺悲何及。知甚日，侍晨夕。　浮生薄宦萍蹤跡。念隨行、天涯夫壻，也同爲客。兒已半生愁病裏，白髮那堪相憶。惟默祝、康彊逢吉。故里重經門巷改，幸眼前、愛護佳兒媳。思往事，淚頻拭。

綺寮怨

寄褱仲嫂均徵

雨細煙霏日暮小慶空斷魂京華寥迢遞相關舊時燕
難認重門驪駒記曾催唱淚滿巾甓損雙鸞痕悵無端
滯跡湖山又頻歲六橋看送春　鑪火餘香半溫連娟
月色鏁窗只照離人詩酒情眞知刻燭韻常分新詞愁
吟紅豆誰記拍和迴文楡成寄雲閒何日花下同挈尊

古雪詩餘

傳古樓景印

傳古芸香

小檀欒室彙刻閨秀詞

徐乃昌 校刻

第一集
第二集

玄

浙江大學出版社

本册目録

小檀欒室彙刻閨秀詞第二集

張謇爲
積餘太
守題

小檀欒室閨秀詞第二集詞人姓氏

南陵徐乃昌仌阝籑錄

徐燦字湘蘋一字明深吳縣人光祿丞徐子懋女大學士海甯陳之遴繼室善屬文尤精書畫詩餘得北宋風格絕去纖佻之習其冠冕處卽李易安亦當避席不獨爲本朝第一也有拙政園集

鍾韞字眉令仁和人查羲室

葛宜字南有海甯人明舉人癯庵弟三女諸生諸爾邁室性閒靜喜讀書日坐小樓吕筆墨自娛書畫奕算無不精妙兼通西法能吕儀器測量星象曾瘳中得蕭蕭木葉送殘秋句知爲不祥未幾卒其玉窗遺稿女史李

因序而刻之

蘇穆一名姞字佩蘘山陽人宜興周濟側室工詞殉粤

匪鶵

江瑛字蓮珊甘泉人解元江璧妹汪階符室

周詒蘩字茹馨湘潭人元氏縣知縣張玠室姊詒端即

文襄左侯夫人艽蘩與姊並傳詩學於母王文襄曾合

刻其詩詞爲慈雲詩鈔

周翼杶字德媗詒蘩姪女長沙徐樹錄室

宗婉字婉生常熟人

錢念生字咀霞常熟人

翁端恩字璇華常熟人錢振倫室

小檀欒室彙刻閨秀詞目

南陵徐乃昌仌弜編

第二集

拙政園詩餘

拙政園詩餘

丁丑通籍後僑居都城西隅書室數楹頗軒敞前有古槐垂陰如車蓋後庭廣數十步中作小亭亭前合歡樹一株青翠扶蘇葉葉相對夜則交斂侵晨乃舒夏月吐華如朱絲余與湘蘋觴詠其下再歷寒暑閒登亭右小邱望西山雲物朝夕殊態時史席多暇出有朋友之樂入有閨房之娛湘蘋所爲詩及長短句多清新可誦尋以世難去國絕意仕進湘蘋吟詠益廣好長短句愈於詩所愛玩者南唐則後主宋則永叔子瞻少游易安明則元美若大晟樂正輩以爲靡靡無足取其詞多冥合頻年兵燹散佚今冬蒐輯得百首余爲之詮次每閱一首輒憶歲月及轍跡所至相對黯然毋論海濱故第

化爲荒煙斷草諸所游歷皆滄桑不可問矣曩西城書室亭榭蒼然平楚合歡樹已供芻蕘獨湘蘋遊覽諸詩在耳自通籍去國迨再入春明不及一紀而人事變易賦詠蕭落若此能不悲哉湘蘋長短句得溫柔敦厚之意佳者追宋諸家次亦楚楚無近人語中多悽惋之調蓋所遇然也湘蘋愛余詩愈於長短句余愛湘蘋長短句愈於詩豈非各工其所好耶昔吳人盛傳絡緯集蓋湘蘋祖姑小淑所著徐氏女士挾彤管而躡詞壇可謂彬彬濟媺矣然小淑氏從范長倩先生翱翔宦途卒愉悅適志晚節棲遲天平山谷擁苑囿泉石爲樂而余與湘蘋流離坎壈借三寸不律相與短歌微吟以消其菀

結感憤何遭逢之徑庭也古人有言和平之聲澹薄愁思之聲要眇將無窮於遇者工於辭歟抑辭有所以工者而無與於窮達歟今兵革漸偃輩下日以清晏湘蘋試舒眉濡穎眠此帙何如也

順治庚寅長至素庵居士書

拙政園詩餘卷上

茂苑徐燦湘蘋譔

擣練子

春怨

依舊綠爲誰紅草草花花滿淚痕欲挽遊絲繫好夢一枝嗁血灑春空

望江南

燕來遲

無情燕故故卻纔來飛傍繡簾還絮語哄人依舊是天涯戢翼正徘徊

長相思

別意

花冥冥水泠泠雨雨風風滿碧汀勞勞長短亭　想悽清倚銀屏點點聲聲不忍聽盈盈淚暗喆

西江月

春夜

明月照人清夜多愁多悶輸它寤魂無計駐飛花展轉碧闌西下　柳嫩慢縈春病梅銷暗自酸牙漏聲千點滴窗紗未到送春先怕

前調

感舊

翦燭閒口往事看花尚記春游戾門東去小紅廔曾共

翠娥杯酒　聞說傾城尚在可如舊日風流忿忿彈指
十三秋怎不教人白首

前調

十五夜雨

不是人孤明月月還負卻良宵如何三五雨瀟瀟偏滴
助愁萋草　雲卷微寒入暮一鐙瘦影魂搖寱歸宵短
路苕苕今夜寱歸須早

前調

感褱

又是春光將盡東風愁煞梨花春魂不化蝶迴家繞遍
玉闌干下　燕子呢喃未了一庭蕉雨交加悽聲細雨

柰何它記得前春曾怕

前調

水僊

素女乍離綺閣水晶簾動微霜幽情未肯便分香怕見桃花紅淚　粉蘂含嗔裛喜怕它蜨亂蜂忙一枝清瘦玉初妝不許何郎窺望

醉花陰

春閨

午寤𥧌沈沈香薄覆寤𥧌醒春依舊怕得燕雙歸帶卻愁來偏向人心授　一翦東風寒欲逗漸逼檀眉瘦也擬醉花陰膩白天紅淒雨先僝僽

前調

風雨

幾日愁風和恨雨鄉寱教留住花外燕雙飛等得它來諦與傷心語　碧雲有路須歸去青鳥書無據幾月又模黏空照人愁沒箇分明處

卜算子

春愁

小雨做春愁愁到眉邊住道是愁心春帶來春又來何處　屈指算花期轉眼花歸去也擬花前學惜春春去花無據

如寱令

閨思

細雨落花江上風動玉鉤簾帳試問倚闌人愁鑠一天春望怊悵怊悵波畔雙魚輕漾

前調

雨過幾枝紅倦宋宋璅牕西畔半寱半醒時誰向繡衾低喚魂斷魂斷花也爲人長歎

前調

春晚

花似離顏紅少梅學愁心酸早生怕子規聲嘑綠庭前芳草春老春老幾樹垂楊還裹

前調

和均

昨夜雨添春重滴到眉端愁動翦翦海棠風一點殘鐙

紅弄如㝱如㝱㝱裏心兒還捧

前調

貪看枝頭紅動飛到愁邊如共迴首斷橋煙是處畫闌

朱楝如㝱如㝱借陳好風吹送

前調

楊柳絲絲青縱煙護晶簾無縫不信玉闌干偏得月華

珍重如㝱如㝱㝱到江南春仲

前調

便別桃源僊洞春到愁邊誰共腸斷聽陽關珠靺玉驄

催揑如寱如寱迴首柳濃鶯閙

前調

隔葉黃鸝嬌哢驚起綺窗慺鳳闌檻半簾垂曉鏡春愁將共如寱如寱一瞬水流春送

南鄉子

秋雨

秋氣試寒初一片鄉心點滴閒滴到湘江多是淚珊珊染得無情竹也斑　百和夜燒殘喚起征鴻行路難寱裏江南秋尚好般般皎月黃花次弟看

玉樓春

寄別四娘

風波忽起催人去腸斷一朝分燕羽無端殘霎怯相逢霎破霎添愁萬緒　扁舟暫檥鴛鴦渚幾度短長亭畔雨雨聲欲逐淚痕多知道淚痕多幾許

菩薩蠻

恨春

恨春不忍春光景昏昏似醉渾難醒撇繡寫幽蘭綠窗風雨寒　霎回香向褭一枕愁痕小負卻賞梅心杏花春又深

前調

秋閨

西風幾弄欺肌徹玲瓏晶枕愁雙設時節是重陽菊花

牽恨長　魚書經歲絕燭淚流殘月㝱也不分明遠山
雲亂橫

前調

春閨

困花壓蕊絲絲雨不堪祇共愁人語斗帳裊春寒㝱中
何處山　捲簾風意惡淚與殘紅落羨煞是楊花輸它
先到家

前調

不雨

一春催試桃花雨游絲只共炷煙舞燕也不曾來湘簾
空自開　起看花影午鸞鏡雙蛾俯徙倚卻黃昏蠟加

紅淚痕

武陵春

春怨

昨夜楊花飛幾許，冷煖在心頭。萍蹤淚影且隨流，切莫近紅廔。　未盡生前愁與悶，煙水古杭州。春魂黯黯繞蘭舟，卻是夢中遊。

木蘭花

秋夜

夜寒不耐西風勁，多情卻是無情病。月痕依約到南廔，廔頭鼓角三更盡。　蟬殘均咽魂難定，百般煩惱千般恨。起來點檢露華深，秋蛩四壁聲相競。

前調

秋感

春事茫茫秋有幾眼前又近中秋矣憐儂卻似夢中身夢隨蝴蝶花間雨　七貴五侯誰爲語瑤臺日做悲風裏飛雲流月總無情有情淚滿湘江水

前調

秋暮

纔見黃花秋又暮滴滴蟲聲嘹繡戶鴛鴦雙枕不知寒銀蠟竟成紅淚顆　夢裏鄉關雲滿路釵壓綠鬟蟬半嚲月延羅帳似依依耐它祇把人愁鎖

少年遊

有感

衰楊霜遍灞陵橋何物似前朝夜來明月依然相照還認楚宫腰　金尊半擗琵琶恨舊譜爲誰調翡翠屢前胭脂井畔魂與落花飄

虞美人

有感

滿枕瀟瀟今夜雨人共孤鐙語鳳皇臺畔亂香紅只道尋常煙月竟忩忩　江上蓴絲秋未采莫怨朱顔改吴山幾曲碧漫漫還有許多風景待人看

前調

感興

東皇也合憐芳草不雨春先老𨈆弦纔撥帶愁來卻似當年佳月共徘徊　隋隄弱絮年年舞謾惜今和古長江悽咽爲誰流難道雨花春色片時休

前調

春閨

楊花獨解隨風去無柰簾纖雨爲春茫未𪑴離愁且向辛夷花底聽軥輈　不知驚起雙飛燕偷入簾前見休將紅淚暈香顋正是春波帶日晚潮來

一斛珠

有褱故園

恁般傻過元宵了踏歌聲杳二月燕臺猶白草風雨寒

闌何處邀春好、吳儂只合江南老雪裏枝枝紅意蚤

腮俯碧河雲半嫋繡幙纔擘一枕梅香繞

一絡索

春閨

慣送好春歸去怕和花語一簾殘夢醉醒中禁得這番紅雨　羣玉山頭僊侶亂雲無處不須鄉淚染江流倩箇燕兒傳與

點絳脣

春暮

未信桃花偷將春色爭飛去便成紅雨不管鶯無主

曲曲瑤房玉暝香深處春還許海棠枝上留取三分住

前調

偶成

霞翦丹楓鴻飛錦字山横帶綺窗無賴時把歸雲礙
纔捲珍珠紫鶴如相待花應愛鏡中雙鬢也耐青霜在

惜分釵

旅裏

移春檻芳菲黯詠絮才情渾欲減記江南熟吳蠶芍藥
開時花滿澄潭探探　身長汎花相賺新來漸把閒愁
懺寱魂甘是煙嵐西子湖頭結箇花龕參參

前調

春閨

東風惱鶯聲小弄春楊柳絲絲嫋䙲流連見何年倩箇歸鴻一寸香椾傳傳　花時早歡情少分釵可惜妝臺老枕雙鴛幾曾瞑且近金籠鸚鵡能言前前

憶秦娥

初曉

霜飛蛋花冠只向鷄窗繞鷄窗繞數聲不柰一鐙悄悄戍廔傳箭頻催曉香寒玉枕愁心小愁心小淚盈秋水鏡分多少

前調

春感次素庵均

春時節昨朝似雨今朝雪今朝雪半春香煖竟成拋撇

銷魂不待君先說淒淒似痛還如咽還如咽舊恩新寵曉雲流月

前調

春歸

東風老起來點檢殘紅少殘紅少一簾疏雨半庭煙草燕鶯故故將人惱千聲萬語春歸了春歸了雙蛾誰遣鏡痕愁小

前調

感舊

春風院花前曾見如花面如花面淺斟低語畫屢春晏聞來已作新巢燕看花人在花如霰花如霰寥中王

謝那時愁見

訴衷情

暮春

今春何事待將休絲雨柳梢頭恁般心緒撩亂還要替花愁　江南景綠陰稠倦紅收暫飛鄉夢試看歸鴻也算忘憂

浪淘沙

庭樹

庭樹又秋花做弄年華滿城霜氣逕青筇眼底眉頭愁未了去數歸鴉　殘月靄窗紗莫傍西斜雁聲和夢落天涯渺渺濛濛雲一縷可是還家

錦堂春

感裏

迴首舊遊勞瘳，離亭幾度飛花。綠窗新燕周遮語，如向我咨嗟。　寶鏡淚痕微暈，起來紅日初斜。歸雲未整春光去，只是在天涯。

采桑子

春宵

一春風雨和愁滴，珊枕寒時。玉漏遲遲。浪語鐙花淚暗垂。　惜花未許春歸去，香鏁葳蕤。綠徧天涯。凭得闌干暝爲誰。

謁金門

聞雁

愁渺渺禁得者番秋老雲外南鴻音均好羨宅歸甚早

錦帳帶香風嫋鳳燭影分寒悄幾點漏催天未曉一

庭星月皎

踏莎行

初春

芳草纔芽梨花未雨春魂已作天涯絮晶簾宛轉爲誰

垂金衣飛上櫻桃樹　故國茫茫扁舟何許夕陽一片

江流去碧雲猶疊舊河山月痕休到深深處

前調

餞春

萍葉將圓桐華飛了雕梁不見烏衣到想應春在五侯家東風怕拂寒閨草　歸計茗苕禪心悄悄簾前莫問花多少試將杯酒餞春愁從今別向脩蛾繞

前調

水咽離亭寥寥尋歸渡今春曾向江南去咲人柳絮不知愁幾番弄雪還驕雨　半榻茶煙一縷香炷春光有盡愁無數杜鵑嘑斷夕陽枝月明又到花深處

浣溪沙

春閨

金斗香生繞畫簾細風時拂兩眉尖繡牀鍼線幾曾添　數點落花春寂寂一庭芳草雨纖纖不須春病也懨

懨

南唐浣溪沙

十四夜

已試華燈照綺筵漸添奇巧鬬新懸明月似嫌芳景速

不輕圓　佳節最憐前一日舊歡長算幾何年可惜金

吾猶禁夜促遊韉

前調

十五夜

煖淺寒輕夜氣和踏春紅袨試纖羅月似美人慵欲睡

暈橫波　爛逐香塵看火樹自榆新調當笙謌半側流

霞三兩爵不須多

前調

十六夜

玉亂香忙午夜天氍毹紅暎正初筵佳月憐人渾不減昨宵圓　絳蠟消風歡未足踏鐙須又待明年好倩鳳簫吹到曉怕花眠

拙政園詩餘卷上

拙政園詩餘卷中

茂苑徐燦湘蘋譔

臨江僊

繫舟

寂寞汀洲春欲莫數聲杜宇颿收夕陽斜繫小孤舟綠沈嘶馬路紅點榜人頭　煙柳易殘人易老幾多閒悶閒愁澹雲朦月伴魚鉤一春消息事已付水中漚

前調

病中寄素庵

病枕不知寒日午起來愁雪瀰漫玉紅櫚紙膩雙鸞懨懨半息彊寫箇平安　幾日離愁愁未了今朝又上眉

端丁甯春老且爲歡薰風雖輭莫傻試輕紈

□□□

閨情

不識秋來鏡裏箇中時見唬妝碧波清露殢紅香蓮心羞結多半是空房　低閣垂楊罷舞窺簾歸雁成行㝱魂曾到水雲鄉細風將雨一夜冷銀塘

唐多令

感裏

玉邃送清秋紅蕉露未收晚香殘莫倚高廔寒月羇人同是客偏伴我住幽州　小院入邊愁金戈滿舊遊問五湖那有扁舟㝱裏江聲和淚咽何不向故園流

前調

感舊

客是舊遊人花非昔日春記合歡樹底逡巡曾折紅絲圍寶髻攜嬌女坐斜曛　芳樹起黃塵茗溪斷錦鱗料也應夢繞燕雲還向鳳城西畔路同咲語拂花茵

鵲橋僊

梅花

峭寒虗閣早春簾檻一樹冷煙愁徧玉容初浣不曾妝但粉淚盈盈香濺　惜花還住羞花欲去去住總教花怨護花雙東衷葱清霜怕風妒花魂成片

蘇幙遮

秋老

雨深深秋自老舊苑新花莫問愁多少玉爪倭弦寒料峭纔奏南音陣陣驚風攪　裹紅單屏翠小翦翦清霜不許夫容好故國煙蕪昏復曉尙有青山彊向江城繞

蝶戀花

春閨

簾卷曉寒生怕起一種分鸞兩地黃昏雨爲問海棠開也未章臺有柳君休繫　春寤惜春春幾許又聽離弦玉柱鴻聲細一縷水沈煙萬縷畫屢十二春風裏

前調

春晚

臏紫殘紅能幾許曉枕驚迴無奈紛紛雨雨過柳風吹
不住不吹愁去吹春去　莫怪東君分別遽鏡孏釵嫞
不是畱春處嫩葉漸看成綠霧須臾又恐秋霜妒

前調

每寄書素庵不到有感

頻寄錦書鴻不去怕近黃昏簾幙深深處一寸橫波愁
幾許啼痕點點成紅雨　倚徧闌干無意緒閒理餘香
獨自誰爲語盡日懨懨如㝱裏斜陽一瞬人千里

前調

詠事

點就迎郎雙咲靨近日人來眞箇歸期絕盡日無言心

自咽春枝灑滿寒鵑血　女伴彊來相解說儂不相思怎把相思歇留取羅帬香幾摺何時教看嗁痕疊

前調

蝶不戀花花戀蝶棄綠憐紅不是它心劣一種深情情獨切無情只愛同心結　幾縷春絲吹漸裂謝得東風肯送歸舟葉日夜隨郎從未別何須去共吳門月

青玉案

春曉

爲君顦顇春能幾忘不了東風意燕子聲高鶯曉睡玉慶簾捲朱扉環動人在傷心地　羅衷動春香不已折得花枝倩誰寄徘徊簪向宜春髻收斂未竟薰衣欲換

驀地垂嬌淚

前調

弔古

傷心誤到蕪城路攜血淚無揮處半月模黏霜幾樹紫簫低遠翠翹明滅隱隱羋車度　鯨波碧浸横江鏁故壘蕭蕭蘆荻浦煙水不知人事錯戈船千里降帆一片莫怨蓮花步

千秋歲

感褱

簾前竹外明月光相礙欄影照霜横帶不知青歲減只八説朱顏改君不見河山幾壘誰爲買　底事頻頻□覓

得惺惺在天有恨花長害柳煙春帶結燕語春心碎消
得也一番春色當眉黛

洞僊歌

夢江南

霜寒夜悄歎韶華一瞬往日閒愁料難盡而今無計且
淒雨憐雲江南信知道梅花遠近　殘鐙窺短夢夢也
無多消得嗁鳥恁淩遊展轉不成瞑卻怨東風吹春到
與愁相競縱桃李貪嬌也須知近日者眉兒不堪倒暈

前調

夢女伴

月昏鐙暈向鴛鴦衾底行盡江南數千里見綠窗女伴

咲靨迎人低寶髻斜倚瓶花小几　問羇人邸舍風雨鐘殘可憶吳門舊煙水儂道九迴腸夜夜鄉關夣畫舫今朝歸矣正紅袂分花喜還疑怕者度相逢又成㝱裏

一翦梅

送春

春光九十已全拋送也魂銷留也魂銷東君傳語謝嬌嬈去也無聊住也無聊　玉牀香被展輕綃長也今宵短也今宵愁紅休怕綠陰交早也明朝遲也明朝

御街行

燕京元夜

華鐙看罷移香屧正御陌遊塵絕素裳粉袂玉爲容人

月都無分別丹慶雲澹金門霜冷纖手摩挲怯　三橋宛轉淩波躡歛翠黛低回說年年長向鳳城游曾望蘂珠宮闕茫茫只赤眼前千里況是明年月

風中柳

春閨

春到眉端還怕愁無著處問年華爲誰爲主怨香藷粉待春來憐護被東風霎時吹去　日望南雲難道寥歸無據徧天涯亂紅如許絲絲垂柳帶恨舒千縷者番又

一簾梅雨

河滿子

閨情

蘭灶舊縈幂摺玉纖新換箏絃怊悵一聲河滿子雙流
珠淚君前七十二峯霜色霎時吹到愁邊　碧海青天
夜夜綺窗綃帳年年慶外金堤隄上月昔人幾度偷圓
可惜紫騮嘶處一行楊柳依然

拙政園詩餘卷中

拙政園詩餘卷下

茂苑徐燦湘蘋譔

滿庭芳

丁丑春賀素庵及第時中丞翁撫薊奏捷先太翁擧萬歷進士亦丁丑也

麗日重輪祥雲五色㬚呟玉殿名傳紫袍珠勒偏稱少年僊最喜重華奕葉周花甲剛好蟬聯泥金報龍旂虎帳歌凱沸春筵　瑤池初宴罷仌肌雪骨文彩翩然羿木天新命紫禁親詮道是鵷窗別也從今始再理芸編籌燈語絲綸世掌何以答堯天

前調

姑蘇午日次素庵均

舊柳濃耶新蒲放也依然風景吳閶去年今午何處把霞觴贏得幾櫛賸管猶吟汎幾曲迴塘傷心事飛來雙燕絮語謗斜陽　石榴花下歆弔花珠淚還倩花藏過一番令節如度星霜向晚竹颸蕭瑟淒淒雨先試秋涼難迴想綵絲艾虎少小事微茫

前調

寒夜別意

水點成仌離雲愁暮能禁幾陣淒風綺窗吟宋頻倚曲闌東籟短宵長難寐聽不了點滴銅龍銷魂也梅花顉領飛雪斷來鴻　翠幃□乍逗鴛鴦香冷雨地愁同況

天涯離別□又怱怱爭柰多愁多病無頭悶一夜惺忪
風搖處歎環雙控銀燭影微紅

前調

己丑冬壽粱五夫人夫人姓王氏

閥閱無雙聲名弟五鏘鏘彩鳳和鳴黃鐘應律綺閣覺
陽生獨有梁園春早瑶階畔蘭暵芝榮當初度佳兒似
玉頻進紫霞觥　琪花應有種佩蓮桂殿笏滿槐庭奇
身來圓嶠親見飛瓊□況香閨二妙生同月恰好同庚
看歲歲珠聯璧映同聽九霄笙

前調

寄素庵

氣吐祥光春生紫禁飛塵尙阻歸輪翠屏向曉眷瘦不勝春臙減眉消□□妝臺冷擬待伊人梨花雪蒼菭砌玉歸馬試蹏痕　別離雖未久覊窗寒月更勝從軍繞□□□越水吳雲惟有梅花耐雪堪冷澹伴我黃昏鵲聲喜傳來鳳閣重典舊絲綸

前調

丙戌立春是日除夕

銀燭有情今宵無限難留一霎黃昏頻催玉漏街鼓促香塵舊恨肯隨臘盡新煩惱休更重增剪花箋時驚爆竹春逐曉雲生　當年嬌小日屠蘇爭飲肯讓它人紫釵花勝子鏡裏宜春轉眼韶華偷換迴頭念往事浮雲

而今瘦梅花堪並羅綺也難勝

滿江紅

示四妹

碧海茗溪彈指又一年離別看過眼倦楊青老怨桃紅歎相約每期鐙火夜相逢長是葵榴月倩幾鐙喚起半生愁今宵說　采蓮沼香波咽鬬草逕芳塵絕痛煙蕪何處舊家華閥嬌小鳳毛堂構遠飄蕭蟬鬢門楣子拂銀檠譜向玉參差聲聲血

前調

和王昭儀均

一種姚黃禁雨後香寒□色誰信是露珠泡影暫凝瑤

闕雙淚不知笳鼓夢幾番流到君王側數狂風一霎翦鴛鴦驚魂歇　身自在心先滅也曾向天公說看南枝杜宇只啼清血世事不須論覆雨閒身且共今宵月便姮娥也有片時愁圓還缺

前調

有感

亂後家山意中愁緒眞難說春將去久臺初長綺錢重疊鑪燼水沈猶倦起小窗依約雲和月歎人生爭似水中蓮心同結　離別淚盈盈血流不盡波添咽見鴻歸陣陣幾增悽切翠黱每從青鏡減黃金時向牀頭鍍問今春曾夢到鄉關驚鶗鴂

前調

將至京寄素庵

柳岸攲斜帆影外東風偏惡人未起旅愁先到曉寒時作滿眼河山擧舊恨茫茫何處藏舟壑記玉簫金管振中流今非昨　春尚在衣憐薄鴻去盡書難託歎征涂顦顇病膂如削只赤玉京人未見又還負卻朝來約料殘更無語把青編愁孤酌

前調

感事

過眼韶華淒淒又涼秋時節聽是處擣衣聲急陳鴻悽切往事堪悲聞玉樹采蓮歌杳唬鵑血歎當年富貴已

東流金甌缺　風共雨何曾歇翹首望鄉關月看金戈滿地萬山雲壘斧鉞行邊遺恨在樓船橫海隨波滅到而今空有斷腸碑英雄業

前調

聞鴈

既是隨陽何不向東吳西越也只在黃塵燕市共人悽切幾字吹殘風雨夜一聲叫落關山月正瑤琴彈到望江南么弦歇　悲還喜工還拙廿載事心間疊卻從頭喚起滿前羅列鳳沼魚磯何處是荷衣玉佩憑誰決且徐飛莫便沒高雲明春别

念奴嬌

初冬

黄花過了見碧空雲盡素秋無跡薄薄羅衣寒似水霜逗一庭花石迴首江城高低禾黍涼月紛紛白眼前籐裏不知何處鄉國　難得此際清閒長吟短詠也算千金刻象板鶯笙猶醉耳卻是酒醒今夕有幾朱顔鏡中暗滅不用塵沙逼燕山一片古今多少羇客

前調

西湖雨感次素庵均

雨窗閒語歎浮生何必是今非昨幾遍青山酬對好依舊縢肩當閣灑道輪香潤花杯滿不似前秋惡繡簾纔捲一廛空翠迴薄　擬汎煙中片葉但兩湖佳處任風

吹泊山水清音聽未了隱岸玉箏金索頭上催詩枕邊

滴瀝謾惜瑤卮落相看不厭雨高天際孤削

前調

己丑冬壽梁大夫人夫人姓桂氏

伯鸞佳偶羨偃種桂苑一枝清馥葭管將迴陽律暖人

在玉堂華屋半吐瓊芳初圓蟾影早弄龍章軸綺筵雅

奏介眉春酒方熟　頻年羇宦天涯喜左連蘭蕙右依

珠玉共擁歡鑪歡宴處咲舉霞觴相祝月殿長春天香

久駐不似凡花木纍纍結子滿庭垂滿金粟

永遇樂

病中

翠帳春寒，玉鑪香細病裏如許，永書懨懨黄昏悄悄金
博添愁炷薄倖楊花多情燕子時向瑣窗細語怨東風
一夕無端狼籍幾番紅雨　曲曲闌干沈沈簾幙嫩草
王孫歸路短夢飛雲冷香儘佩別有傷心處半暝微寒
欲炷還雨消得許多愁否春來也愁隨春長肯放春歸
去

前調

寄素庵

澹澹離雲淒淒紫陌香塵飛雪淚滴鮫綃愁盈珠勒一
霎成拋撇別去丁甯傳來芳信頻寄錦書休絶倩東風
吹向天涯悄悄把離愁說　減去沈胥霜添潘鬢怎似

前秋離别鏡裏分鸞鐙前瘦影羞把湘簾揭有恨黄昏無情玉篴催落江梅寒月問今宵多少淒凉枕稜衾皺

前調

舟中感舊

無恙桃花依然燕子春景多别前度劉郎重來江令往事何堪說逝水殘陽龍歸劒杳多少英雄淚血千古恨河山如許豪華一瞬拋撇　白玉廔前黄金臺畔夜夜只留明月休唉垂楊而今金盡纓李還銷歇世事流雲人生飛絮都付斷猨悲咽西山在愁容慘黛如共人悽切

前調

秋夜

團扇纔收涼風俄透粉紅啇翦霞卷夕綃一天寒碧只有愁相見慣愁雙臉也須耐得多少雨嗟雲倦路茫茫東籬在何處羅襪稜稜尋徧　回頭曾念幾番塵夢目斷還教腸斷葉砌層堦霜欺餘菊去雁應相怨玉漏頻傳晶簾時曳煙結香篝如霰今宵對依依明月此情何限

聲聲慢

感褱

寒寒煖煖雨雨夝夝無端催趲紅綠逕燕雙雙語語似憐幽獨銀鐙半昏碧影十年愁多到心曲此際也不銷

魂斷盡腸兒還續　不忿青蛾元鬢才彈指逢人傻慚珠玉吟徧花椾想也半消清福惟應父執寶鈿料天公誰妒塵俗試看取古今來嵇歗阮哭

風流子

同素庵感舊

只如昨日事迴頭想早已十經秋向洗墨池邊裝成書屋蠻椾象管別樣風流殘紅院幾番春欲去卻爲箇人畱宿雨低花輕風側蜨水晶簾捲恰好梳頭　西山依然在如何意憑欄怕舉雙眸傻把紅菱釀酒只動人愁謝前度桃花休開碧沼舊時燕子莫過朱樓悔煞雙飛新翼誤到瀛洲

水龍吟

次素庵均感舊

合歡花下畱連，當時曾向君家道悲歎轉眼花還如夢那能長好眞箇而今臺空花盡亂煙荒草算一番風月一番花柳各自鬬春風巧　休歎花神去杳有題花錦榆香稟紅陰舒卷綠陰濃澹對人猶笑把酒微吟譬如舊侶夢中重到請從今秉燭看花切莫待花枝老

前調

春閨

隔花深處聞鶯小閣鎖愁風雨驟濃陰侵幔飛紅堆砌殿春時候送晚微寒將歸雙燕去來迤逗想么弦慢鶴

寶釵分鳳別時語無還有　怕聽玉壺催漏滿珠簾月
和煙瘦徵雲捲恨春波釀淚為誰眉綰寥裏憐香鏡前
顧影一番消受恰無聊問取花枝人長閒花愁否

拙政園詩餘卷下

梅花園詩餘

梅花園詩餘

槑𠌶園詩餘

仁和鍾韞眘令譔

小重山

寄翁少君

舊日春風過旅堂海棠初放處倚斜昜簾櫳手炷博山香思往事兩兩試紅糚　揮手恨添長燕支蕉萃後儘思量懷君尋㝱轉迴廊殘紅觖泪落染羅裳

如㝱令

春莫

攬鏡朝來無緒簾外飛𠌶如許林際子規啼又見荼蘼細雨春厺春厺卻問春歸何處

病起

衰病懨懨懶繡忺忺罷支如栁睡起卷珠簾恰恰鸎嗁時候聲逗聲逗喚得深閨人瘦

天僊子 送春

㗂飛頓覺韶光盡黃鸝相喚愁相應凭闌徙倚不勝情推糚鏡穿㗂逕㗂枝蕉萃疑同病 愁懷怕共東風競冉冉緑陰何驟盛園林滿月但傷神春無剩畱鶗定琴絃慵整人初靜

長相思 贈畫上美女

丹青手誰人有能描一種丰姿否好是鴛鴦偶　顰眉久時低首淚情應爲春相負春光鷬消受

前調

鍼懶拈香懶添仲春天氣喜遊園相呼楊栁邊　愛春妍惜春旋一夜催殘風雨天飛彎滿畫簾

鷓鴣天

寄九妹

一春慼蹙雨蛾眉彎自芳妍人自悲蛺蝶穿彎渾似寢少季風味杏鷬追　頻折栁試春衣亂紅淚處鳥爭嗁生憎呢喃雙鷰子飛來飛去共差池

鵲踏枝

贈鄰女

幼女性情天與慧紅杏牕前愛把新糚試怨粉愁香如有意相思未解眞滋味　露溼春枝彎要麗半面含嬌的的爭明媚深院埀楊門晝閉春風何限登廔思

重疊金

美人曉糚

雨聲一夜黏彎足柔枝低壓闌干曲曉起薄羅裳微微指甲涼　鏡中蕉萃後糚點偏宜瘦瘦到不堪時猶然厺畫眉

鵲踏枝

游園

眼見秌來秌已盡紅蓼開殘秌也無光景竹外負歌低

自應一溪落日平如鏡　薄莫輕寒霜降近鬬草籬邊

翠色看猶嫩怪煞主人常褱病從教蕪穢黃彎徑

少年遊

即事

東南日出照庭隅風影鬲牕虛細草闌干輕煙簾幙天

氣困人初　㝱魂一晌閒無緒擔擱繡工夫慵整菱彎

怕聽鸎語心事尚模黏

玉窗詩餘

玉窗詩餘

玉窗詩餘

東海葛宜南有譔

十六字令

無題

月映綺羅寒愁倚闌佳人怨相思鬲萬山

三字令

春暮

春欲厺海棠時正相思珠簾卷寄書遲君不見愁脈脈妾心知　空悵望負佳期雙鷰棲香泥蘸畫梁低鐙黯澹雨迷離㝱初回

轉應曲

龢日觀并寄

歸鶯歸鶯飛到畫梁深院有寄相思玉人楊柳依依望

春春望春春望杜宇聲聲江上

南鄉子

懷遠

春澹澹柳依依黃鸝聲裏落花時暮雨紗窗人寂寞愁

無托萬里相思重疊疊

荷葉杯

納涼晚坐

微雨初消殘暑正及晚涼時荷芰一池相映綠風起亂

鷗鷺

江城子

午日

五日筵開亭午時泛金巵詠新詩草自忘憂虛牽續命絲猷有三閭湘水闊流不盡古今悲

踏莎行

寄書

雩撲珠簾雲生煙對倚廔望斷人歸路卻憐一夜雨稣風落紅滿地歛無數　新鶯初飛鷄鵛拂羽有客行行千萬里欲寄尺書江水涘春來春厺傷心處

長相思

懷遠

雨聲響雨聲沈雨漲溪頭溪水淚情牽綠柳陰　春色
寒春夜闌靜倚東風不忍看一天鴈影還

春光好

送別

槑蘂放桃彎明正嗁鸎無柰扁舟君欲行幾含情　愁
淚不日不月春寒乍雨乍姓南北東西芳草路忍青青

仲興樂

春仲

鸎嗁朝雨畫閣人初起簾外桃彎嬌欲語正及清明時
矣　含愁靜撿金閨開匳歎整羅衣謾舉珊珊翠裒臨
風好待君歸

憶秦娥

春半

風雨橵玉人隱隱坐楊畔坐楊畔聲聲杜宇春歸將半　溪頭桃李𢒼正爛多少閒愁無心看腹裏車輪輾轉不斷

虞美人

春感

春來春去當春仲舊事如春夢無情綠柳繫相思不盡　江頭流水去遲遲　吴宫楚館今誰在歎息季𢒼改一朝風雨暗芳洲白日光輝何處照重慶

臨江僊

同查氏姊張氏妹止溪春遊

雨過芳洲春風草漸看芍藥彎稠姊娣相攜汛小舟一天姓日麗滿徑亂香浮　芭蕉古街竹林幽止溪溪水悠悠烹茶煮筍任滰雷便是桃源路追隨愜勝遊

貽素廔詞

貽素慶詞

貯素樓詞

淮陰蘇穆佩蘘撰

荷葉杯

新月

昨夜蛾眉初見西院斜照碧闌干杏靨剛喜試春寒纖影耐尋看　書案半窗芳曲殘輝拚蝎不勝情玉鉤教上畫簾旌梁燕瘦雙鸞

虞美人

卷簾不負嬋娟約暝色連高閣柳塘還送晚風寒斜曳繡羅雙裏斂凭闌　沈唫不見歸來燕何處尋芳甸季季此日總靨開底事而今衹遺暗香來

芳草

送夫子薄遊皖上

海棠酣丁香還結空教屋角亭亭繡簾高卷處晴香盈裛怎逐江程鷓聲嘹滿對想遙遙遠樹煙汀待乘風隨它颿勢寥寥裏逢迎　清明池塘水碧新月影亂惹波輕竹陰閒素雀落粤千片裏傍舞還停新來雙語鷰憲秊時梁上經營喜舊巢依然畫閣不負初盟

望海潮

濛濛疏雨漸敲朱戶西風斂逗簾旌淡閣晝暝重幃暗鑠鷓嘹殘寥偏驚春盡絮飛輕共海棠落去千片無聲此際魂銷但將離恨寄春行　清池水上橋横被行人

遮住鬲岸初殅斜日對邊檐前鷰子銜泥虛傍珊楹人倚越山屏是爲與蕉萃減卻芳情冷落香篝又隨雲想度長夏

虞美人

昨宵風雨連煙草與落猶疑誤今朝眞箇逐東流何處殘香偏入小廔頭　天涯消息凭誰問問也無凭準合愁擬酒待黃昏雙鷰歸來餘我共消魂

菩薩蠻

南池池上多飛絮嬋娟弄影來還厺　一鈎蕩波輕亂香負寱驚　小窗人久立星映遙天碧曉鷰出珊梁啄泥知夏怭

湘春夜月

落𠌶

惜春葩辤枝都向天涯祇剩一片淸陰畱取蔭菭沙細憶太季初會共低署舞柳傾國爭誇被阮郎偷玩嬋娟纖影人拚窗紗　庭前過蝭池邊宿草天際明艘蕉萃廔頭裝孄僂喚春回廿鶆喚芳𠌶叢叢桂葉料素炑香滿鄰家乍相別甚慜思消得闌干徧倚雲亂風斜

木蘭𠌶慢

柰穠春雨細共風送落𠌶聲正雙鷰歸來尋巢弄翦虛傍簾旌黃鸎飜從對底認嬋娟歛影照空明不道蛾眉蕉萃東風獨立殘更　雲行伴柳絮飛輕池畔草相迎

被幾處嘑鴉但催愁思不解春酲堪驚春光似水照朱顏攬鏡不勝情凭杖東皇雨露明年更簇繁英

雨霖鈴

西南風劣向彎枝剗地愁先絕尋常莫道春去王孫未老還堪重惜月上瓊廔算幽恨飛鶯能說謾寄向爐雨天涯一路香痕傍華轍　荷錢點點何堪折但清波渺渺銜負妾流螢一箇巧入待伴我重簾岑宋夜漏頻催擬把雙蛾還聚愁碧柰露盤空盼金莖只向梧桐滴

滿庭芳

中元感賦

幾日新炊西風向晚又歛新月團圞畫廔人靜衣裏覺

輕寒謾道縈簾細雨良宵也別樣辛酸平池上流螢露草何處接荒原　凭闌看弱柳絲絲都是飛絮芳年奈纖影而今不到鷿邊此際魂銷灞岸歸期早尙霜天傷心處一聲梧葉穌露墜窗前

迷神引

烁鷿

一曲笙簧臨碧砌閒卻了蟬無數當時應悔送得春歸太公一聲聲還疑被落雩誤怎喚得春回迷舊路且復約春心傷烁住　弱柳倭簾裹裹尋飛絮問畫梁閒差池羽紫霄寒起可傳得儇幽素萬種淒情淒涼調不成謳會共玉慶人移鴈柱彈徧十三絃淚如雨

㝱夫容

來漚館夫容忽不發主人謚此以弔之命余同作

西風歛綠碎正瀟瀟炼影向人蕉萃季時曲徑香靄倚濃翠怨魂酥露墜問他何處飄寄繡閣重簾但凭將畫稿畱得靚妝在　香發芳園曉桂小院無人弱柳還縈繫霜縈易結空揾素蛾泪蟬聲猶自嘒砌蟲啾唧相對那是淒涼替招回豔魄不信驗羅袂

摸魚兒

移蕉

對偃雲小園籬畔重重生翠彌漫移來試傍瑤堦種只

恐芳魂易斷君莫怨早約得潺潺疏雨宵來灌桂香淡院可有趁佳晨露濃風靜綠蠟一齊展　誰相伴小立闌干耐看舞裙似蝶蕊亂佳人扶病伶俜煞頓覺烁添一半春太遠要爾殢春情婉轉隨昏旦柳絲千萬繫不住銀河嬋娟纖影枉把繡簾卷

湘春夜月

蒦別

雨絲絲伴君今夜淒然只剩一寸柔腸都化作烁煙葉葉羅裙生翠共海棠嬌映滅甚芳季柰恩深故土頓成小別終是留連　三更殘月闖簾弄影別樣姿妍何處魂消酒醆送驚鴻瘦影直到窗前迴廊爾住料孤根不

鬲三泉問覆鹿向誰家㝱裏天涯路杳一任高暝

芳草

蕉答

伴離情蕭蕭瑟瑟西風又蹙蛾眉今宵分袂處海棠親見有泪都墜瑤堦還歛立趁佳晨帶露剛宜助新粧遙天一碧曲沼雙碕　相思叢叢桂影新來又鸎語迷離是年炑日聞鸎會賦詞　赤闌圍素㝱倩誰扶月起作弄嬌癡好炑輕過了歛芳魂雪壓霜欺待明秊雲羅翠纈小院春暉

南浦

炑海棠

風歛豔落剩幽芳薇作露堦痕莫道炑容蕉萃籬菊未

招魂鏡裏睪眉裝淺料佳人還要點朱脣但拈來三徑
皺濃脂澹耐可賒温存　怪底秊秊纖影傍清池寒逗
綠羅裙暗雨驟鳴蕉屋驚寥不成春試看紅消翠減便
深情萬種付湘雲盼夜來圓月畫簾人靜伴黄昏

惜紅衣

八月十二夜陶谷程夫人贈荷

宋宋宵分團團月午一天雲蔽送得香來剛離謝池畔
紅衣翠蓋應替卻悲烌一半銀漢謫與姮娥比天涯還
遠　西風惹悳裏金粟鋪堦佳人笑相玩蓮舟纜繫忘了
採蓮伴目斷故山歸路一定有人淒怨但膽瓶深護莫
把繡簾輕卷

西湖月

十八夜陶谷又贈荷琴

瑤堦悵望多時見月上林梢繡簾輕護是誰又遣璚琴來自玉塘淡處膽瓶重拂拭柰前度僊雲留不住問昨夜獸立瑤池可有別情離緒　小園弱柳蕭疏弄萬種柔情共人凝竚漸炑淡乜裏寒嬌褪翠消紅誤西風歛不斷怕豔魄凋蘦穌恨太贖白石惱到紅衣冷唫秀句

南歌子

細雨宵潸溼青桐葉半凋臨池弱柳萬千嬌繫慣離情繫不住魂消　喚起重韓醉誰家弄玉簫炑聲怕問廣陵潮歛入炑心歛不展芭蕉

湘春夜月

春水園填詞圖

惝怳來蕭蕭瑟瑟彎㛮剩有籬菊叢叢還耐碧天寒待諦落紅離緒柰蕉心鵝展竹泪空彈謾傷怳老厺窗前有月且自唫看　廔頭夜永西風又送青女驂鸞盼到回春綵筆共蘋洲片玉分樣裁箋憐它蔦子嶌棲香舊寱剛圓撩繡閣對流離研匣綠雲紅雨都付遙天

瑞雀僊

題湯節母楊太夫人唫釵圖

璚臺凋雀羽念萬種淒涼小窗傍旅怳風無處所折一枝釵玉蔦隨怳厺雙飛俊侶早碧化鵷颼䨜雨耍閒關

千里征程還恐舊巢鷚住　凝竚思親一夜拚泪相看白雲紅對慿題秀句清鏡裏斷腸譜裝輕裘叔子朱紱綵筆爭識舊家風度惹春暉長似依依膝前絮語

一萼紅

題雨生都督雙湖夫人畫槑慶雙昭

嘆春魂倩羅浮枝上翠羽下偃雲陶谷蒼虬古香曾識尋常不數江郵傍清沼亭亭裊裊兩三枝畱與客溫存竹外籬邊松風檜雨舊夢無塵　不道西湖當日早濃香疏影立盡黃昏綵筆閒題家山重到況禁雪護柴門定記得曉寒廡上擘鸞箋芳意藹朝暾待到彎梢月轉再睹新痕

虞美人

雪蕉

繡簾輕扇堦前雪，腸斷何人說。一聲孤鴈入遙空，賸把離愁漠漠訴西風。　綠窗猶賸裁箋句，不管魂消處。夜來明月著天流，曾照羅裳窣地立深秋。

夢橫塘

雨生都督有劍人緣傳奇讀竟即題十二古琴書屋填詞圖呈雙湖夫人

西窗風勁弄影寒叢向人無限蕭蔽月朗湖空記對把紅牙低按鴉鬢蟬鬟臙肴丹靨海棠春綻喚羅浮舊夢共蜨醒來朱絃冷塵衫換　人間俠骨僊才借梧澆塊

壘都作烁歎恁好芳華總付與紫簫聲婉送淒楚斜昜一抹照到傷心畫慶畔海國濤生耍飛僊劍斬鯨鯢數看

湘春夜月

夫子爲友人寫綠陰清晝圖贈杜季翾題詞以諷倚聲作此杜名小鶯

小屏山閒看繡幙春融一翦拂栁穿鶯來睇畫慶東鄰識離情離緒會捐鸎趁蛺占斷香濃奈韶光彈指朝朝萛萛又舞殘紅　池荷倚恨東籬送酒鴈影橫空謾道魂銷長遠甚傾巢雀鼠惱亂嬌慵謗盡傷心倩佳人綵筆玲瓏便好太奩靚青山茅屋星前月底靜對霜楓

婆羅門引

西風過後乭無落葉作𤏲聲錦機偏動幽情萬里天涯路窄何處月長盈歎滄波一片輕換陰姓　凝眸短檠渾未辨舊時明況又瀟瀟細雨遙夜爭鳴緜彎寱久怕相將都付與雲屏慭玉女立盡殘乭

疏影

題王潤如夫人天寒有雀守䆉彎圖

疏林瘦竹作萬穜淒涼寒寱鶉續謾立闌干遙攬春暉天涯空自盈目紅消翠減凭誰記且傷者小窗橫幅任𤏲來落葉無情送盡玉蟬哀曲　猶喜庭前素羽碧雲明月裏顧影忽歎料得融融綵勝椒盤偎骨露彎香熟

簾前陣陣南來鴈莫寄與離愁悵觸算世間一例春空

只有蕚華凝綠

春雲怨

題梨花白鸝圖爲柔吉夫人作

韶花暗換見數枝𠆩豔盈盈淡院瘦骨偏宜糚澹萬葉

冪雲春思遠暖日生香輕陰送影半搉離愁半清怨簾

外從它無言桃李閒立畫廊徧　斜昜一抹空遺歎寫

生綃素幅幽懷鶊浣永夜姮娥昜魂斷輸與梁閒對語

呢喃舊巢依戀動是天涯惱春人老栁絮趁風弄晚

一枝春

人日題玉戲圖同人取槑花枝上積雪印餻相

餉遺夫子戲作此圖

亂積槑枝壓欄低欲折璚弯清玩東風乍起不是飛縣香輭纖纖素手謾搖向翠盤蕌亂但洗出一片紅芳裛裛占春一半　裝成羨它星粲染脂痕卻是佳人曾慣草堂寄與莫道春情猶淺春畱甚處想此夕柳眉應展消幾許簾外湘雲伴人深院

探春令

題明鴛湖女史黃皆令自畫小影

寶匳開處嫦娥應識愁眉春縱自憐瘦損烁風面渾不是尋常見　韶光幾度陰晴換賸幽蘭相伴任人閒老盡芳菲萬種只憑湘波遠

探春慢

夫子夜宴集園歸爲少海先生作孤山雪霽弟

二圖命題其上

江上新堂乍開春宴幻出璚咢玉對不借東風斂它紅萼似怕韶光輕妒但得好春回謾問道何人分付誰疑只欠幽香冷裝偏耐淡處　曲曲闌干疑竚意萬點寒聲小窗曾賤繡幙低垂鈿箏龍蹤喚起湖山煙霧不盡蒼范意乍銷向翠顰紅舞五馬重來六橋芳草無數

蘇幙遮

寄贈耕畹夫人謝惠墨蘭

寫幽蘭香不斷試問何人替得東風怨素手纖毫千萬

轉一幅父綃九曲湘波遠　凭朱闌擡望眼繡閣簾垂細裊沈煙篆見說春歸將一半寄與春雲擬託雙雙鶯

大聖樂

落槑

瘦骨亭亭偏宜糚澹共春爭色裹數枝簾外湘雲一片清波誰惜天涯傾國最恨埽紅東風勁送蘦亂幽香隨翠陌無言處謾凝立畫闌猶見遺跡　多情忍教拋擲料雙鶯歸來鶵自識算春光情鍾桃李那管離愁狼籍嫩梛搓黃含煙露耍鳴咽長堤悲倦客斜昜晚悵空寫生綃盈尺

鳳皇臺上憶歆簫

風雨連夕對瓶中杏粤作

幾度東風瀟瀟歛雨作成春意闌珊憯瘦影無端蕉萃處處凭闌誰道紅消翠嶂一枝正畫閣閒閒休重問恨在別離情在辛酸　呢喃作歸社鷰又絮語琱梁似語前歡要畱取芸窗長伴几案清妍除是調脂弄粉風神別着手都鷞拌今夕偏嗅片片香殘

齊天樂

清明後風雨不已憯粤感賦

曉簾不楲金猊篆凭闌爲誰凝佇鏡裏姿容人間離別舊恨新愁如許斜昜欲莫記一翦東風綠窗眉嫵怎似而今作成疏影斷腸謎　墜楊池上弄碧裊千絲踠地

不遭春妒春本多情彎偏易落畢竟芳秊誰誤蕭蕭細雨向嫩葉殘英十分調護語鷰歸來舊巢知在否

高昜臺

楊彎

竟日東風縈簾柳絮霏微弄影臨池欲倩誰扶愁痕重上蛾眉芳情不道春如霧倚闌干立殼多時要凭宅流水聲中再續佳期　沈沈繡幙低垂處怕驚殘午㝱鶧到遼西極目天涯斷腸忍說將離梁間細語雙雙鷰記秊來共惹香泥怎而今只替飛彎遠寄相思

菩薩蠻

瑤階悵望春將暮幽蘭欲倩東風護已是不勝愁更堪

明月慶　斷腸誰忍見梁上雙雙鷰萛諺向嬋娟夜來初學圓

闌干十二春光徧芳香暗滅歛簾院最惜故園枝斷紅還自持　昜羞嬌欲語説被東風誤夜久月生寒繡簾相對閒

琴新月慢

嫩柳成陰亂紅飄砌萛自登高臨遠歎立琱闌問梁間雙鷰向何處特地闃它畫閣殘寥又誤幾番春淺風雨淒淒定蛾眉鶵展　記當時薄醉桃彎面甚而今暗裏春光換約得杜宇聲聲奈南來無鴈正天涯旅客愁中見沈煙裊一一廻文篆漸瘦卻鏡裏朱顏待歸來敎看

被華惱

珍叢館薔薇

小園竟日惱春歸芳意猷畱僊館萬葉千條倚嬌輭窗前最是雙雙蛺蝶襯舞穌燃亂剛欲語又斜暉半庭纖影淩波卷　長記豔滚時曾賭香痕壓櫚綻新蛾謾綠早悋東風取次相歛撇問何人暗遣鬬芳菲欲作弄柔紅寱中幻拌醉艺萛待飄蕾清泪盼

徵招

綠陰

薔薇一點嬌紅賸芳菲謾隨塵土見說洛昜華早簾前飛太婵娟無處所問桃葉而今誰賭極目天涯弄珠人

老部光輕度　日暮倚闌干鶯聲亂忩忩問春歸路弱柳萬千條繫春痕不住幽懷傳尺素料此際湘雲鶼駐自沈唫翠黛雙蛾倩曉風調護

鳳銜杯

舊歡新寵未分明向誰行肴語忪惺手把白羅扇子拚烁星釵朶重鬟雲輕　將脈脈諦盈盈踏春昜綺緒鶼縈尋偏吳山越水不勝情瑶瑟倚湘靈

大酺

問極天涯人何處庭際綠陰鋪偏湘雲連翠幙動淒涼懷襄又成斜眄試問姮娥人間苦別誰最傷高懷遠闌干凭久來正斜昜暗澹斗星偷換臏煙縷壓楊參差纖

影伴人深院　新荷開又卷流螢小空繞銀河岸謾蕩起多情明月宋宋涼生傷清池春光都變不是東風裏休再向畫梁歸鷰諦疑綠春淺淺回首無語今夕斷腸誰管簷陰一痕蕉展

西平樂

多謝瀟瀟細雨洗出淺淺翠休挨南薰消息算得春歸幾日一半春痕猶在闌干凭處直恁空枝窣地　惱粤悳渾忘卻空拚泪只有垂楊萬縷禁得風風雨雨弄影清池裏可記省烋容況悴口天涯路短人間世窄寫尺素向誰寄雨滴蕉聲聲碎癈殘酒醒一寸柔腸斷矣

燕山亭

新荷

嗁鴂聲歇紅紫誰收盡付西園清沼鉤上畫簾薄掠微波倦懷爲伊傾倒尙卷人心怕逗起炎涼多少悄悄漸院落斜易月停雲表　鍼綫慵拈過卻耍緊鏁雙蛾鑪煙空裹金盤出掌偃露侵衣秦關寥中鷄到曉發何時待別倚南薰濃笑聞道香徑裏吳宮人杳

南歌子

社鶯歸來後春爭宿雨多水面蕩新荷晚風歛不起奈愁何

竟日簾高卷輕寒似早秌天際莫雲稠有人猶獸立小層慶

算向高處望東風忒不歸小雨又絲絲怎禁魂斷艺上鐙時

兩岸流螢小時時度碧紗櫥影謾相遮怕隨風直忒極天涯

琵琶僊

寄姊

時節黃昏月兒起乍逗西園芳尌連袂初試輕羅開堦共凝竚春正好千紅萬紫總輸卻綠窗眉嫵廿四橋邊十三處畔爭儂離阻　蕩蘭槳簫鼓喧闐算鶗把清遊共鄰女多少不言情味付庭前鸚語歛盡了遊絲萬丈怎儂能綰得飛絮算損鏡裏朱顏渡江迎汝

長亭怨慢

乍聞得一聲春去料想東園落紅無主越樣離情朧痕只向翠蛾聚繡簾空卷雲疊疊關山莫便諦與常儀只逗凄涼無數　最苦裊垂楊綫弱謾欲繫情教住天涯憑遠怎但在闌干斜處拌換卻滿眼流光夜窗聽沈沈風雨問鷰子能言會喚春人醒否

碧牡丹

莫問春何處綠偏春歸路可惜東風取次催將西去極目天涯正淺淡雲莫斜陽還在高封　逗凄楚細映搬成縷銀鉤漸生嬌嫵縱到團圞解照離情幾許不似蔆紅傳綺窗愁苦朝朝都上眉詛

雙雙鷰

凝情欲語有簾外靈風共人斜眄天涯只赤試問阿誰書傻剛道愁懷易翦早剩下淒涼一片空餘萬縷埀楊廔外翠淡天遠　誰伴常儀瘦損但竟日凭闌黱痕鶵展瀟瀟疏雨涇到畫梁如靄藏應是新巢香輭可記省季時初見分付杜宇休嗁遣綠窗春換

卜算子慢

湘簾半卷紈扇生涼滿目綠陰清晝曲曲闌干立徧翠環紅裏對斜暉無語空低首傻待向天涯極目澹煙先暗堤柳　夜久蟾光逗念萬里嬋娟爲誰消瘦恁穠淒涼況是別離時候儘無瞑瘳怕相逢陡算只有相思兩

字耐迢迢緜漏

念奴嬌

闌干凭徧正沈沈院落陰陰芳對獸上高慶戚悵望冉冉斜昜西顧前度東風歛開歛落不記離愁詎桐彎飄砌早烋驚報園圃　還見萬綠枝頭蛾眉纖影欲倩輕雲護曾照魂消春夜永廿照春歸無語月自秊秊朱顏鏡裏還似秊時否蕉心猶卷綠窗曾有人瞧

大聖樂

蘋婆果連歲烋彎

颯颯西風怯紅愁綠作成蕉萃念幾番春去春來萬種柔情都付一天香綺繞徧畫闌還疑望問前度幽懷何

處寄家山畔剩淚淺黯痕伴人殘醉　天涯斷腸別淚
奈疏雨黄昏鷓鴣避料明朝洗盡燕支只有椒光姝麗
跨雈縱迴神僊駕廿鷓遺重開蛩茲帶文窗拚但羅裏
清寒相倚

摸魚兒

餞秋

念秋來惱離傷別珠簾幾又還卷西風只會歛梧葉那
識芳園蕭亂并又晚最怕是重昜風雨季季慣萛雲一
片空繞偏天涯畫闌凝竚怎放驣痕展　情未傍叓上
層慶望遠嬋娟誰與爲伴供愁惟有東籬菊解得愁淚
愁淺秋不管廿不怕玉關舊路陰并換千回萬轉要寄

取相思庭前爲託疏柳倩征鴈

臨江僊

莫道春歸愁已絶殘炷別樣鶤支畫闌凭徧月輕移誰將纖影又送極天西　待倩征鴻傳信息斷腸空自疑思暗風不動小荷池岸邊衰柳歎舞碧絲絲

渡江雲

片颿隨碧水遠山側側萬里起嵐煙好風頻斷送弱柳春粤是處總堪憐江楓何事廿禁它恁樣翩翩空斷腸斜陽隱隱無數客歸舩　季季天涯羈旅試問飄蓬卻何人會慣蕉萃損吳宮眉翠月自清圓廿知不是春光裏賸東籬殘菊爭妍遙天碧傳來鴈信誰邊

連理枝

望罙

不愔東風厷不愔金盤露只愔殘紅季季慣是飄蕭無主縱常儀最解說多情廿鶊晢豔謚　隱隱斜昜茸猶被蛾眉妒試問江罙穢含香蘂倩誰調護怕元徽無處畫朱旛又禁風禁雨

菩薩蠻

哭輓先師惲潔士

西風日夜摧殘葉瀟瀟緐雨堦前滴那得不潸然袌經將十季　璚廔今異昝何處容高潔無語悳春暉白雲天際飛

綺羅香

萬葉凋蘦清池積就一片幽憂誰省倘記春歸替盡落紅愁病又只被雪壓霜欺似殘葩黝消香燼甚年年玉露金風慣入芳菲斷腸徑　芸窗誰傳錦字便倩賓鴻寄遠鶵尋前景羣閣重慶爭裏舊時蟬鬢縱恐卻客裏流光柰敲簾雨疏風勁爲何人滴徧芭蕉泪隨殘漏承

雨中粤

冬至後二日見月寄潤如柔吉二女史

小院深沈晝寉影聽殘漏畫慶人靜槑藥橫窗鴈聲迴浦記取年時景　試問新來誰對詠料白蔦差池鶵竝玉關高寒淒涼情味寥喚梨雲醒

虞美人

題烁江罷釣圖

江潮夜夜驚人寐山色催人起危磯鏁不住江流何況纖纖風裹一絲柔　人閒容易珊瑚老且向蓬萊島綠蓑青箬白沙漚都把閒情付與十分烁

甘草子

疏雨亂灑槑枝越樣添肴嫵是處最消魂要有消魂處簾幙輕寒煙籠對柰此際春猶無主日自虞淵宵自午過月明三五

齊天樂

一番雩信東風裏忩忩落槑多少日煖煙輕池清水皺

海月初生林杪西窗夜悄怪竟日飛英尙縈懷裒埜寺鐘聲暗催前夢過璚島　天涯誰念倦旅料嬋娟萬里堪共唫嘯鏡裏溶雲簾前點雪幾度闌干低繞鸎聲弄巧甚絮絮淡情向人頻道總惱春歸奈春歸自好

過秦樓

柳

社鷰初歸嫩黃才吐卻早占春一半闌干猷凭几褭褭柔絲最是共人腸斷何事晝長夢囘輕染纖蛾便成悽惋怕烁來萬里飄蕭無主馬嘶聲遠　曾說與芍藥開前青睬熟外穠穠綠緐紅傍絲風院落潺雨黃昏一葉蕉痕長卷多少幽情付伊剛耐春寒又疑春怨向淸池影

裏閒逗疏星幾點

浣溪沙

風暖蘋洲二月天客懷何處不淒然片颿春水度芳秊
莫問天涯惆悵事落𠌶殘月在尊前一行新栁自含
煙

瑤𠌶

春光豔冶靄暖風輕早清明時節萋萋芳草料此際綠
徧尋春雙屐落槑無數儘付與蓫聲嗚咽裏畫簾萬縷
坙楊只貲天涯離別　斷腸忍問流光柰香滿池塘春
水凝碧鶯嗔蜨舞似伴我共領綺窗淒切曲闌望久想
到處都無人說但試取短㝱清宵穩耐幾番風月

滿庭芳

甲午三月十九日夫子手書至述客中近狀兼問園中花木繫念殊深奉讀之下淒淒終日賦此記之

徑綠苔滋簷陰對密小園何剩餘寒人留甚處竟日獸凭闌誰道江南寥好清宵永新月彎環消凝處癡雲鶇卷簾漏又珊珊　天涯悲傍旅愁隨要起不共要殘剩落花千片清泪相看縱自登高極目應不似曩日煙鬟章臺路遙鞭影也應趁好春還

虞美人

愁多不識愁來路鎮日空凝竚簾前雙鶯報春殘羅衷

寒輕還忝倚闌干　華枝不記東風怨新綠生庭院箇

人窗下暗魂驚除問嬋娟何處得分明

長亭怨慢

莫歛盡枝頭華片試剩殘紅待儂歸見蝶舞蜂喧鶯嗔

鸎咤倍蕭亂問春不語空拍得闌干偏碧對縱多情也

只說春深春淺　翠鈿謾雲鬟半彈柳絮亂飛空院芳

華易歇莫便把繡簾輕卷便灑出萬點湘斑總鵑把蕉

痕都展怪昨夜姮娥偏照秊時人面

摸魚兒

夫子久客袁浦賦此寄之

對閒庭翠深春老紗窗輕報寒暖天涯總有多情月怎

照箇儂幽怨雲一片又耐聽瀟瀟細雨傳叓箭畫羅團扇且謾撲流螢休尋舞蝶只恐晚姓變　消凝處誰把珠簾半卷惣痕惟許蒦見東風不解春無主猶向碧荷囂亂入自遠寫尺素遥遥那倩南來雁銀河鬲岸問萬里姮娥可曾留影照徹寸腸斷

霜葉飛

幼失怙恃依于徐氏徐母鍾愛十有六載未嘗暫離于歸後尙得同居道光八季將隨夫子返春水園母悲不成語良久泣曰吾季老矣兒去恐難再見又曰兒去能安樂我心亦慰訓語臻至心痛琴受一載之中音書不絕至十季正月

忽聞僊逝嗚呼疾不能親待湯藥亾不能撫棺
一慟撫我育我將欲何爲忽焉五稔素秌欲蓋
觸目愓心爲詞以記

斷紅衰綠迷遥望沈沈千里煙霧一番秌送幾番愁忍
向霜天誶縱化作楚鵑飛去茗茗不是天涯路料宿草
萋萋封不斷當時望眼白雲深處 謾倚淺碧闌干迴
廊繞徧斷腸空自凝竚月痕初上畫簾旌慣促斜昜弄
算只剩坐榻幾縷臨池猶惹風姨妒便待得春風轉埜
徑棠梨柰它煙雨

摸魚兒

七夕憲小池白荷

漸西風送秌來也天涯離思如許銀塘獸立無人賞脈脈此情誰訴回首處正月暗廔陰愁下闕負鷺僊橋已度算天上人間都將清泪并入冷香句　湘雲遠無限明珠翠羽遙遙那見歸路仌魂月魄黃昏後定記小窗調護秌且住莫便把僊衣輕辟書中蠹淩波緩步待一櫂歸來盈盈水際相對語離緒

齊天樂

海棠剛綻秌初偏芳園漸疏庭梆露垂池坳蟬鳴葉罅又釀淒涼時候層廔人瘦甚竟日西風暗盈襟衷已是銷魂要堪微雨弄姓晝　湘簾一桁細卷念愁荷萬柄空自低首寂寞天涯蕭條身世碧宇高寒依舊佳人知

否盼鬲岸銀河衹餘星斗謾誇離思夜窗支永漏

疏影

閒庭翠暖怪梧葉無情先送幽怨敲響空堦不管愁人臨風剛賤秌扇西風最惱分離苦便竟日蕭蕭深院自那時墜損雙蛾怎向這回重展　休問秊來蕉萃綠窗春厺後唫事都孏弄影銀蟾輕蕩湘波偏照天涯人面芭蕉葉葉籬邊碎又忍卷珠簾重看便喚取玉宇春回別是一番鸎鸎

大酺

秌柳

對短檠昏秌光澹底事淒涼重省小廔春厺矣念生來

弱骨怎堪愁病謾賦梨雲休悲絮雨淸淚那能消盡嬋娟凭高乞夢分明付與秦臺糚鏡便宜是飄蕭春風緐露已曾身領　桂香來滚徑奈此際漚鷺瞑鶵醒十二曲闌干繞徧空自疑眸把舊詞忍與重詠不識天涯遠但扃岸都成幽境又禁得緐夢警回首池畔尙剩殘荷幾柄蕭條夜寒風勁

卜算子慢

雪意

朔風乍起煙封半凋宋寞碧霄高迥矚目傷懷那是去秊愁病一聲聲怎識飛鴻信謾損卻青山遠綠伴取瑤臺糚鏡　寱斷殘夢警料萬里同雲倍增淒冷荏苒流

光悞了素娥纖影要天涯歸計渾𪃿定但點綴窗前綠萼任幽人閒領

瑤粵

春雨

畱寒禁暖暗把春痕蹙芳園眉嫵繡簾高卷臨碧沼但曳垂楊千縷篆煙琴均儘畫閣低迴無語記去秊滿尌幽香不似者番淒楚　差池雙鷰還來看涎尾紅襟都帶離緒萋萋芳草料徧滿昔日王孫行處香泥易斬茸要啄江洲蘅杜消幾許庭院黃昏且下重簾歸去

虞美人

鷰營巢

畫簾卷處春雲重雙翦輕拋送杏梁猶記去年痕肎向笙歌隊裏覷朱門　夜來應涇差池羽還又穿㶑去紫騮陌上會相逢勸整歸韉芳待綠陰濃

一枝春

淺碧闌干拂垂楊幾點朝來疏雨春痕乍染不是向時淡處籠煙低裊倩誰替箇儂淒楚有畫閣雙鶯呢喃似訴両季離緒　屢頭慯垂簾幙怕嬋娟靜夜歸來無主璚臺試暖鏡裏待添眉嫵天涯悵遠空回首斷腸千縷人瘦也休報春歸預愁春去

貯素廔詞

綠月廔詞

綠月樓詞

綠月廔詞

甘泉江瑛蕋珊撰

踏莎行

題蘭雩幀子

細葉搖春疏雩弄影一枝曾記簪雲鬟如何蕉萃畫中看紅心艸是懨懨病　墨菭蒼煙水分青暈杜娘踪跡凭誰問暗香歛遍不逢人湘陰月上㳘魂冷

長命女

病起

斜日後猷倚西闌凝望久風冷羅衫裏小園蟬聲淒咽萆靄低籠衰柳春去㳘來還似舊祇是人消瘦

長相思

佩珠玉病中

黯消魂又黃昏一陣西風一鴈聲誰家砧思深　背銀鐙掩啼痕藥竈飄香病骨輕晚風愁不勝

卜算子悵

寄許淑慧

風歛敗葉兮翠亂煙脈脈素雲天莫問倚闌干鶗鴂遺别時心緒記得前攜手當年路贈夕宋深花曲徑怕尋舊日游處　秉蠋情何許歎錦箋空留斷腸詩句待展芸牋猷自懶坐愁聽向孤鐙蕉萃渾無語聽院外聲聲蟋蟀伴離人清苦

謁金門

憶大姊

雨初歇遶尌嗁烏聲咽宋宋窗櫺寒恡恡西風歛墮葉

又是莫秌時節鶗遣別情淒切倚檻低裛腸似結閒

堦空賸月

清平樂

寄素姊

秌聲簾底獸自銀屏倚正是病中新睡起一點孤鐙如

水　小園敗葉飛黃篆煙淡鏁蘭房寱裏香閨依舊覺

來無限思量

菩薩蠻

過琴清軒留呈智珠夫人

空簾斜日蛛絲滿，鴨鑪煙冷香痕斷。何處問歸期，聽風聽雨時。　愁人天共遠，離恨鶼消遣。塵夢到長安，馬嘶人塞寒。

前調

梔子花

一枝斜倚闌干外，素紗衫子嫣然態。嬌泪溼香羅，空堦涼月多。　人魂誰喚起，蕉萃西風裏。冷豔褪紅香，有人愁晚粧。

前調

詠人玉

疏疏衰柳蟬聲咽晚風斂墜梧桐葉涼月照淡閨孤鐙

炑寥迴　苕苕清漏禾依舊懨懨病幽恨杳鶤尋倚闌

空斷魂

解連環

炑莽過故園見衰柳感作

塞鴻催晚把綠窗午睡被它輕喚悄步來三徑全荒賸

衰柳絲絲對人淒黯織恨梭慾絆不住斜昜一線聽西

風叜緊薄莽棲烏早又嘑遍　季時早霜倘淺怎近來

閱世已無青眼記太春綠到江南送雩觚脊車繫情何

限今古榮枯叜銷得幾回歌歎算只有昏煙無恙淒然

寥斷

璅窗寒

寄定生夫人

閒倚糚臺病懷蕉萃含愁幾度再消凝處不是那時眉嫵但懨懨猒自香閨凄涼寥裏前游誤向晚來淚院一鉤新月添人離緒　炑莫西園路賸落葉蕭蕭暗蟲低訴銀牋金縷鶼寫斷腸詩句念念念似水年華催教別恨淚何許拚紗窗清漏沈沈剪鐙無半語

解連環

寄炑玉

晚妝簾底照幽咢瘦影月痕初霽墮空堦幾葉梧桐正繡幙低坐霜風漸起莫景凄涼又猒自闌干暗倚對孤

鐙小閣悶撈銀屏病思蕉萃　季時俊游誰記念畫廔深處岑宋羅綺歎如今只赤天涯便錦字題成叓無人寄離緒依依怕一寸柔腸鶵繫忍重問新愁舊恨近來消未

百字令

寄懷姝玉兼柬定生夫人

闌干乍倚見空堦一片落紅蕭亂應是與伊分別後漸漸跧踪疏孄減盡游情題殘恨句鎮日柔腸斷征鴻又杳有誰能寄幽怨　堪歎苕遞歸期淒迷煙月還照深深院小立彎陰凝望久泪眼看春春晚九十韶華忩忩過了依舊愁鶵遣甚時攜手西堂同醉金盞

飛雲湖羣山

歲莫寄懷大姉

爆竹街頭笙簫鄰里聽來又是春囘光陰似箭歲華將晚冊叜佳節頻催記西堂夜歓柰茗遞當時羣帷十季詩酒多少俊游轉眼盡傷悲　算只有紗窗新月影悄悄還照岑宋香閨無聊猷坐䆁書白遣應厭笑語傳梧但惢腸似結人蕉萃懷衰都非雙肴蹙損相思夜夜春寤歸

齊天樂

咏螢

寒星碎影蕉窗底西風幾囘歛到碧熖㴈㴈膺陰露冷

烋色重來池沼季華易老記醉撲𢇁閒輕羅扇小那日游情如今猷自甚懷裦　傷心更憐腐草荒園殘月裏誰伴淒悄畫閣無人紗籠向晚岑宋珠簾頻遶離愁多少怕隋苑爐消錦城烋早孤照淒涼一生鶊到曉

菩薩蠻

題大竹兄團扇蓉桂

紅潮半落芳溪淺畫闌叢對天香晚雙影翠痕低江南烋信遲　采香人漸老錦篋西風早𢇁事幾回新越羅塵暗生

思歸樂

綠楊欄前雙鷰舞雲脈脈黄昏疏雨九十春光須記取

早又是落槑無數　一片菭痕迷舊路歎鶵睍那時游處曲房深閉聽杜宇韶華可憐催厺

子夜

白咏海棠

幽芳著雨含嬌立慽慽愁帶黃昏色銀蠋照香羅盈盈珠泪多　娉婷清瘦影澹月咏魂冷蕉萃怨西風斷腸踪跡空

槑子黃時雨

寄許定生夫人

春晚落深怎幽徑鶵尋那日糚閣但破屋依然閒了簾幙曾記闌干同倚處滿堦盡是咢飄泊斜昜薄別恨若

苕往事如昨　離索扁舟曉角傷心千萬里何處棲託
料岑宋蘭閨孤鐙泪落付昇琴聲情叓切最愁人月明
風惡煙波作寥被柳緜迷卻

菩薩蠻

畲秌玉

輕雲冉冉天將暮西風如水侵朱戶敗葉墜新黃歸雅
棲夕陽　紗窗愁半掩離恨鵜消遣獨自倚闌干懨懨
病骨寒

前調

西風翦翦秌光暮蕭蕭敗葉敲朱戶堦下亂蟲鳴幽閨
愁獨聽　愔愔窗上月照見人淒切不覺漏聲殘夜淚

彎影寒

清平樂

庭陰漠漠夜午西風作砧杵聲聲催葉落消魂要聽荒街柝　窗前忪忪輕寒柳裹露冷彎幾獸有愁人明月依前還過西闌

菩薩蠻

烁海棠同大竹兄聯句

愁紅未化烁魂影　大竹　香消別泪燕支冷腸斷小窗前　蓮珊　晚寒如舊季　大竹　幽彎重折取但聽空堦雨　蓮珊　銀蠋倍淒涼　大竹　不關春寥長　蓮珊

浣溪沙

中烁同大竹兄聯句

小院蒼苔向晚滚大竹木樨香冷一輪清蕋珊幾層簾影月陰陰大竹分寫烁光糊閣裏西風征鴈北來聲傳來霜信滿蕪城蕋珊

清平樂

東風庭院寂寞珠簾卷小立弯陰題句懶又見舊時雙鷰對頭一點殘昜薄寒飄盡蔫香廚外誰家玉篴等閒歔斷人腸

浪淘沙

恁見暗香飄新月槑梢闌干閒倚歎無聊一片㶣雲廚上影依舊魂銷　風碎竹簾敲簾裏鐙遥此時相對怨

清宵香盡金鑪灰已冷心字鷯描

子夜

春柳

小園曾伴桃彎落絲絲還帶春煙薄輕絮不禁風任它西復東　此時重折遍依舊慶頭見何處認離亭黃鸝三兩聲

臺城路

再柬槑姊

東風乍卷纖雲薇盈盈素娥如雪照著槑彎暗情依舊醉裏不堪攀折屏山幾疊怕春色重來唫懷又別無限消魂此時惆悵向誰說　新愁岑宋未遣奈些些往事

還做淒切半篋香痕幾季鐙影鶼記悲歡離合柔腸千
結歎翦翠裁紅冷芳都歇閉卻紗窗繡衫餘恨摺

虞美人

題琵琶行詩意幀子

潯昜送客傷離別舩裏清歌咽煙波夜久寤初醒荻荂
楓葉伴哀唫不勝情　天涯飄泊朱顏老江上西風早
紅綃一曲又清姝誰將司馬舊時悰畫中畱

蠋影摇紅

題葬荂圖

荂落紛紛殘紅滿地無人管卻教了髻荷香鋤閒把餘
芳揜　何處東風歛斷柳陰中别魂鶼返含情不語背

卻斜易翠蛾愁歛

臺城路

寄懷大竹兄都中

荼蘼落盡東風瘦春鏁一簾塵影戶裏殘煙梁空白日何處天涯人近不殊風景應目斷江南水明山暝多少消魂歛來吳雪點霜鬢　寒食清明過了料官閣鬧闌唫冷詩興踏月天街聽雞禁院料也難消離恨南來雁盡漸說到關河不傳歸信萬里雲孤嶺猿嗁莫緊

一落索

澹月黎彎庭院闌干倚遍東風皺皺墮清香又早是春將半　心緒依依難遣雙眉慵展光陰一瞬易凋殘怕

轉眼季華晚

菩薩蠻

畱别烁玉

多愁况是頻傷别依依不語空淒切欲去又遲延憐君還自憐　團團天上月暫滿依然缺何苦太分明照人離恨深

意難忘

送别曹夫人

煙羃雲低甚無情草色凄迷離塵歛遠陌春水漲平池傾别酒泪盈卮驅影夕昜西念腸斷明朝何處霧暝猿啼　河梁柳自依依怎扁舟不繫只繫相思誰憐閨裏

月今使㒵天涯牽恨縷織離絲聚首要何期枉數盡行
行征鴈一字鶼題

撥春愣

東烌玉

淅淅窗櫺蕭蕭亭院點點聲聲滴處敲遍槑梢東風又
起可惜緜孶一對纔把清香放柰還是摧殘如許可憐
簌簌堦前蔫香歛落無數　悄悵嫩寒侵戸見寶篆煙
痕背人飄太對此沈唫空篝錦幞經過幾番淒楚縱有
書千紙待寄与㐲無情緒剪了銀鐙夜深閒聽疏雨

露孶

題蝴蝶畫冊

舞衣乍折笑綽約丰姿太鬬春色偶到咢叢戲把輕衫低拂舊游漫憶西園思煞那時香陌風來小滕王㝱回換了僊骨　濃咢滿砌清碧被澹月梨魂寫成標格好取墜絨餘葩繡床描得雨絲悄向裠邊可惜黺痕歛溼芳徑冷王孫料應悽惻

應天長慢

槑咢初放一點暗紅東風歛遍幽討瘦影嫣香無限飄蕭向何處季咢換芳信誤又惹起別離心緒羣簾卷湥院黃昏獸自延竚　眼底甚光陰小閣疏鐙懶寫舊詞句猶記蘭閨分咏茗茗聽春雨今宵裏魂㝱阻謾閉了綠窗細數畫橋遠那裏人家遂均淒楚

菩薩蠻

烼㟂

烼堦片片芳魂冷朦朧煙月黃昏影蕉萃一枝枝早霜初過時　𢈈陰愁𣊻立黯澹嬌顏泣相對不勝情亂蛩三兩聲

浪淘沙

春雨

向夕雨蕭蕭寒逗輕綃蘭煙未燼手頻挑生怕曉風𣪠折艾窗外𥝖梢　岑宋寥無聊何處銀簫擁衾聽徹夜茗茗明日紅橋橋外水添了春潮

探春

杏花

薄暖輕寒花朝時候誰把仌綃裁翦上苑栽雲孤郵滯雨消息江南應遍影繪斜陽裏又偷上畫屏爭豔沈酣多少東風人醉玉慶天半　底事春先猒占自鬧亂春情又將春戀衫薄羅輕鈿橫釵顫煙輭嫣紅霧柔殘粉眼見韶光都賤滾巷簫聲咽怎消盡蜨愁鸎怨買得歸來曉糶人正腸斷

東風第一枝

白桃花

細雨梳春殘雲抹曉茏陵一夜花遍歛開幾疊仌綃猒自臨溪洗豔煙清霧白似澹月梨花庭院記玉除餘露

曾裁怎謫入閒重見　沈宿醉銀屏低掩鏁舊恨黺痕
憔顦自傷誤嫁東風卻把紅塵久厭淩波人杳莫問
春潭濙淺應黯然卻盡鉛華素雲淒斷

玉蝴蜨

黎粤

一片黺痕初吐搖煙弄雪掩映銀屏洗盡紅糚素蘂穌
露盈盈似飛璚霓裳乍換傍玉虔無限娉婷念曾經舊
家寒食門掩輕陰　關情溶溶濙浣沈沈澹月幾度消
凝轉眼東風一枝帶雨又殘春謾記省珠房寤醒倚新
憔芳泪紛紛向黄昏長遂淒涼歛斷香雲

長相思

怕黃昏又黃昏花底盈盈月一痕空堦煙草平　酒初醒夢初醒寂寞南園春色淡卷簾無限情

清平樂

莫春

韶光遲莫芳草西園路懶去踏青尋伴侶怕見飛花飛絮　東風簾影天涯季時心事空嗟只有春鐙一點背人猶照黎花

月下篴

送春東烌玉

細雨催姓殘昜還在柳陰淡處紅衰綠減爭倩春幡遮護流鶯低諵韶華換問此日東風誰主縱江南芳草還

生邗省踏青情緒　歛遠愁何許奈不見春歸歸怎教春住春詞誰譜新聲空憑金縷斷腸煙景分明在夢寥落棃雲一對自泠澹向銀箏恹伴簾櫳薄莫

一萼紅

寄懷大姊

最淒迷是小亭疏雨岑宋送春歸香徑殘紅芳池暗綠眼底離恨菲菲夢一片江城新草帶東風歛到天涯閒殺南慶湘簾卷處鸎子來時　別怨經秊未遣奈支離病骨還又依依萬疊銀牋干行錦字舊來懷袌都非算幾度雲時來往憶西園風影怕重題縱有垂楊百尺鶊繫愁思

東風第一枝

題汪寥梧庾嶺探梅圖

澹雪初生東風乍暖南枝消息先逗分明驛使傳來芳信悄歛唫裏蠻煙瘴雨偕過黃昏時候暗記省醉月羅浮寥裏儷踪如舊　喚翠羽珍禽還又對鏡影縞衣人瘦綠簪謾譜新聲幽思漸消殘酒香均依然念索笑疏林知否料廿應歛遂空山閒憶江城春晝

清平樂

見大竹兄

部華似箭別恨鶼消遣不道故人今又見減卻年來憔悴　那堪聚首悤悤天涯依舊萍踪添了一番離緒落

彎春水西東

前調

烁柄

朧𦙶初展舊日東風院綠映天涯春漸漸曾惹淚閨離怨　而今蕉萃煙痕隄邊斜日蟬聲最是季季烁恨易鬬一曲銷魂

螗戀彎

小素大嫂有湖上之約賤此卻寄

槑雨初姓宜喚渡波綠鱗鱗畫舫應無數綺閣曲闌依舊否煙雲遙指平山路　卍字橋過紅蕚露地滑鞵尖茸向陰濃處料峭輕寒知幾許東風不暖纖楊對

鳳皇臺上憶歛簫

題小素大嫂停琴佇月圖

素練明寒香鬟霧溼半庭輝接煙浮憶雲龢音杳悽絕僊儔目斷銀河一抹廣寒遠舊譜空留雯誰奏高山流水遺響千秌　徒愁知音宋宋自立盡桐陰對影凝眸念鈞天寥鬲部樂誰修我亦蕋珠舊侶傷共謫恨竝雲流雲流處人間天上兩地悠悠

憶秦娥

宮閣處翠雲低接櫻桃對試彎消息釀來疏雨　厺秊會記西園路暗香飄泊愁春莫廿番風信從今又數

長相思

朔風旋撲湘簾孤鴈聲聲滨夜天鐙殘猶未暝　歎年恨鵑遣悉似鑪煙斷復連篆來心字牽

解語㦤

梨雲半畝一榻茶煙草色低迷庭戸鬲廧楊栁迎春綠倦把㦤風細數流鶯謾語怕轉眼天涯日莫問韶華如此怱怱怎不載悉厺　回首舊游何處裁紅縷碧腸斷鵑啼年來蹤跡凭誰說付弃子規低謕東風又緊塵影暗㦤落無主叏小雨碎滴空堦助我別情苦

倦尋芳

寄槑姊

又近春宵層層凍解槑香初吐迅速光陰試問韶㦤知

否會記郁回飛絮雪依依相送空凝佇任忩忩天涯飄泊此情誰訴　閉紗窗重簾低下懶聽新聲六街簫鼓病起支離猶怯酸風侵戶欲向鑪邊思往事香殘灰冷離愁苦歎何時再約蘭閨剪鐙共語

綺羅香

聞江上戒嚴寄堦符夫子

屯霧催寒戰雲壓莽腸斷悲烁時候兵火忩忩哭路幾人飢走纔閉門怕聽笳鳴奈鬲戍遥傳角奏哀不盡江北江南孤鴻聲咽朔風驟　故鄉喬木似舊念人間何世劫灰飛又觸目驚心多少營邊衰柳謾說是鳥亦含冤便籬菊近來都瘦更幾處篝火鳴狐荒城白晝

傳古樓景印

傳古芸香

小檀欒室彙刻閨秀詞

徐乃昌 校刻

第一集
第二集

黄

浙江大學出版社

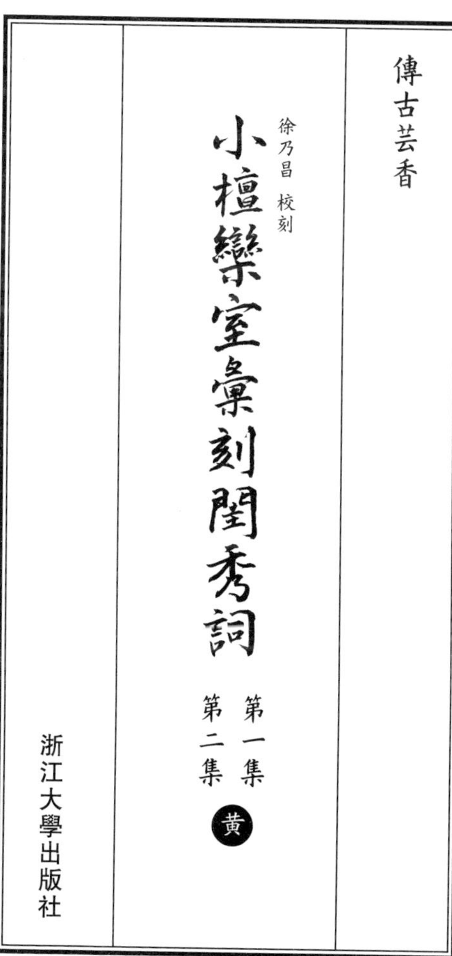

本册目録

靜一齋詩餘

靜一齋詩餘

靜一齋詩餘

湘潭周詒蘩茹馨譔

菩薩蠻

對雪

幾枝瘦菊摇殘綠一簾雪影輝金谷愛上小廔看羣峯展玉顔　雲開風色緩薄酒浮杯煖入暮凍痕融微陽屋角紅

憶秦娥

憶楳

桐花鳳棲風斂翼鶯寒、重鶯寒重小亭明月惹人吟誦一溪流水聲初凍芳魂不醒春如夢春如夢未開先

落暮天三弄

菩薩蠻

冬夜

書幃鐙影微微颭林梢澹月濛濛上寒氣逼窗紗風聲老歲華　叜潑蓮漏靜繡被侵人冷雪意已安排棋枰開未開

意難忘

冬閨

露結霜濃悵季華似水近了殘冬春來何緩緩去太怱怱棋冷澹竹龍鍾又雪舞長空便好將杯醽泛綠鑪火圍紅　傳書不見飛鴻覺夜吟興倦曉鏡妝慵風痕

疏鬟霧寒色鑠肩峯收奩筆倚熏籠待檢點詩筒可柰

宅分陰要惜催理鍼綫

百字令

寄玉夫外子

布帆纔卸甚風兒又把扁舟吹去落日寒煙山色遠極目長沙何處倦鳥飛嫞征鴻影匿別意憑誰語梁間雙燕向人還話歸緒　猶記舊歲今時雄心初起篤就陽關句匹馬奔馳雙劒嘯壯志鴻飛鵬翥雩落燕臺雲招嶽麓更與窮愁遇天高難問索居閒詠新賦

擣練子

春晚

煙漠漠雨絲絲小院春寒步起遲杏臉羞人紅半褪今
秊又是落雩時

滿江紅

落葉

萬馬宵奔烋聲鬧陰疏翠嶺曾幾日乍傷春老又嗟風
警蔣徑雲封菭莫埽吳江露結波先冷悵東君昝日甚
關情今誰省　嗁鳥意棲鴉影憐餘蔭依殘梗記邀涼
長夏碧梧金井采綠事裏周道遠題紅人怨深宮靜縱
辭柯莫便歎飄蕭春無竟

醉清平

賞椇和外子均

枝疏影横今生幾生修來玉潔冰清信無雙是卿　香醪共傾雲榭細評聯吟欲近三更正幺禽聽醒

一剪梅

紅梅

翠羽低飛破曉煙傲冷風前索笑誇前玉顏生暈醉無言不要人憐可動人憐　細捻胭脂點素妍逸似逋僊瘦是臞僊一枝紅占小桃先丰均依然骨格依然

前調

折梅

傲骨棱棱綴玉英見自山城供向書城誤採瓊蘂碎無聲香滿雲屏春滿雲屏　手把疏枝氣味清藉爾幽情

助我詩情素娥移照小窗明月也憐卿鐙也憐卿

擣練子

望家信不至

時已莫路非賒目倦心勞日又斜閒疊錦榆書别意更

無詩思到棋箏

如夢令

蜨

兩兩同披羅綺款款來尋紅紫宛轉不勝風飛入碧紗

窗裏堪喜堪喜捉上小鬟纖指

南江月

胡蜨箏

紅藥階前雨細碧蕉闌外春遲尋香低傍玉釵時恰是曉妝初止　夢裏丰姿渾異夢中身世還非東風吹得柳依依猶自酣眠不起

十六字令

融吹得夢開又落紅無聊賴轉入綠陰中

前調

驚午夢初回淅瀝聲鉤簾望夢思不勝情

一叢夢

詠紅白桃夢

紅兒醉倚雪兒醒誰似此娉婷東風解釋凋蔫恨倒金罍使意怡情月窗移來赤城霞得莫道不分明　濛濛

細雨溼無聲嬌靨帶愁輕倦酒以舊迹憑誰問倚雕欄對影盈盈一樣情懷兩般丰均各自可憐生

摸魚兒

詠蛙

怪生來衣青紆紫看誰如爾徼幸怒裏不向滄溟吐祇傍石竇落徑喧暮井似草澤英雄躍馬相爭競吟餘睡醒愛蝌蚪文奇將伊戲學字比爛仌勁　黄昏後休道多言厭聽當季曾荷恩命五胡蹂躪中原路望斷華林佳境歎故國繁華已付東流盡憑君莫問縱往事悠悠終宵閣閣不盡爲官恨

水龍吟

烁望憶別

碧天雨過烁高夕陽紅處孤村遠卷簾凝睇平林如畫飛雲未返露結蒹葭雩疏蘋蓼別裏難遣悵征帆一葉久懸心曲偏不共歸鴉轉　暮色蒼茫莫辨倚高處情長目短帶圍風小衣籌月澹公時烁淺尺素傳辭寸楡達意幾番遲卅到今朝細剽蟾光十度又盈盈滿

滿庭芳

題衣僊女史廡下吟

湘水清腸吳波潔胃費它多少淘湔颺風輕唾珠玉自匀圓最愛秦虔樂府橫騰筆鏤月飛泉紅窗下清歌一曲鶯燕儘留連　鸞楠吟不盡廡衣黏澹葛楚纏縣信

瑤池塵劫吹墮書僊縱有并刀學製嗟不似入樣連娟
憑誰奪裁餘段錦貽我寥中天

鷓鴣天

炑日

桐子纖纖落地輕一秊容易又炑成夫容猶自多芳均
蛺蜨何因太瘦生　心黯澹意淒清炑裏炑興不分明
辭巢燕子依人立細語喃喃有別情

前調

炑夜

僊理牙籤啟繡幃碧天如洗片雲飛桐孫影瘦臨風直
桂子香清著露肥　憐夜靜到更微新詩欲寫費敲推

別看空色描難就玉鏡臺前月鬬輝

沁園春

鹵子

濃抹澹妝丰均天然其誰與伴看涼凭玉檻魚驚俏倩香拈蓮萼爨讓溫柔醉舞難支輕顰更好不耐歡娛祗耐愁嬌嫵甚聽長廊宋宋繡韈遲畱　春風無限綢繆柰梧葉飄飄易感烁悵臺遊麋鹿繇華自歇苑鳴蟬雀蘬落誰尤翠騰猶新迴腸未斷又泛平湖一葉舟堪悲處把君恩萬種付與東流

滿江紅

虞姬

痛隱千秌分爭處誰爲故國論往事幾民背約入關先失玉斗謀成隆準志楚歌聲盡重瞳力最堪憐天意屈英雄眞無術　江東地難棲息樽前舞徒悽惻記當年神勇只今空惜鐵甲寒霑豪傑淚吳鉤利送傾城色歎從容一死縱酬恩悲何極

瀟湘夜雨

小青

帶緩鴛鴦妝銷鉛粉季華容易蹉跎春風染翠蹙雙蛾愁欲困郎情已矣貞不改妾恨如何傷褱處幽窗冷雨入耳偏多　靈根夙悟心經一卷曾記無訛望慈雲稽首淚溼輕羅形傻化原同幻寱緣可斷難醒癡魔虔誠

願生生並蔕朶影向瓊波

醉𠌶陰

紅楳

豔質亭亭寒不折細把燕支捏楳雪任爭春變此紅顏莫道楳輸雪　孤山舊日久霜節香影何曾別無語憶林逋似醉如醺幽恩憑誰說

送入我門來

立春

彩仗爭迎青旂慢颭條風乍送春還幾樹疏楳索咲破愁顏纖纖勝子釵頭顫又小小楠兒簾外看問雲車霧轡來從甚處倏到人間　雙臘喜開遠岫單衣待裁薄

錦繡裀猶寒燼續熏鑪舊句且重刪絲傳綠韭珠盤潤
夏酒薦黃柑金盞寬算香閨此後吟箋詠柳莫放清閒

漢宮春

春閨

箋信風柔向碧紗深處吹展雙眉明妝已罷翠箔猶自
低垂何因不捲柰輕寒尚把人欺合寄語窺簾燕子銜
泥緩著些歸　剛是畫廉初下看廉頭嫩柳媚眼生姿
多情一闋秀色瀲豔紛披飄揚點綴有蘧蘧戲蝶交飛
羅扇小應難撲得描來繡上春衣

瑣窗寒

春陰

弱雨難蓄癡雲不醒積陰凝暮窗紗靜拚鎮得篆煙成霧試銷閒鹵園謾遊探它春色藏何處看柳梢未展桃腮猶斂寂寥如故　頻覷溪邊樹賸幾朵殘棵留人緩步韶光似此怎續池塘佳句問東君因甚自遲嫩姿祇恐風易妒待明朝放了新妝著意勻紅素

倦尋芳

春雨

翠滋蘚石青潤蕉窗逬院風勁釀冷妝寒虛卻畫堂佳景紫燕慵來梁上語曉鶯並坐枝頭聽問唬鳩把癡雲喚出幾時纔醒　早又是清明節候柳弱孿嬌都沒些興負了芳辰恁地得成新詠別淚如珠添滿掬細絲千

縷穿難定。祇虧它、助湘波載將帆影。

百字令

春風

彩旛飄後，正悤悤、没有些兒閒處。擲了征帆南浦挂，乜要吹開煙雨。故國垂楊，天涯芳草，總是君爲主。鶯啼三月，有情隨處無誤。　應已暝徧人間，皇州春色，明媚今何許。卻恐輕塵黏客鬢，好向長途調護。熒愬難成，蕉心未展，默坐憑誰語。咲伊如翦，不裁離思千縷。

慶清朝

春雅

簾卷鰕鬚，櫚喧鵲語，雲師昨夜初還。東風送將紅旭，弱

破春慳晝永不禁繡倦抛鍼閒步問雩闌姓光嫩綠楊影下猶有輕寒　鶯與燕蜂共蜨祗自向雩梛徑裏盤桓安知萍蹤未定人事多端苦是駸駸隙影芳菲能得幾旬看韶華好且須玩樂休待闌珊

綺羅香

春景

杏臉赧蒸桃腮酒暈春滿林園卤北靜倚高處姓旭照人如拭纔褪卻幾陣輕寒便妝就萬般春色最堪憐閣雨飛煙好風攪得渾無力　溶溶南浦綠滿知是季時別處行蹤空覓燕雁初歸那識近來消息纖愁紋梛綫鶯梭遮望眼亂山斜日羨飛雲此去長安片時能見得

沁園春

春望

望眼頻揩處下姓波波上斜陽看層層遠岫青分秀黛茸茸芳草綠蔓吟腸亂灑燕支平鋪錦繡杏塢桃溪引興長偎源渺祇漁舟竹筏響破滄浪　東風舞困垂楊又飛絮紛紛落野塘咲有心栖燕空銜墜粉多情戲蝶枉惜餘香隙影難留季華易換誰共鶯雩老醉鄉登臨倦把春光一片寫入詩囊

滿江紅

送春

九十韶華曾費得幾番吟誦斜陽外無情杜宇頻頻催

送嫩綠千叢遮去路飛紅萬點隨歸鞚是東風多事接春來添惡重　閒卻了壺觴供消受了棊枰用倰金鍼停廿彩毫慵弄燕子難傳舊別意桃雩不醒遊僊寱歎蕉窗鐙燼夜闌時晨鐘動

十六字令

寒、雪影霏霏怕倚闌棋雩好要我卷簾看

如寱令

春夜

簾外晚風侵袂正是寒、消天氣試看海紅枝斜倚玉闌低睡春膩春膩雩下暗蟲聲細

前調

夏夜

涼雨一簾飛過睡起空階閒坐愛殺小荷盤月映寶珠千顆休墮休墮留待素娥穿裹

前調

秌夜

雲淨月華如水好片清涼涼地小坐意如何塵慮一襟初洗休睡休睡蟲語碎添詩思

前調

冬夜

棋藥半瓶紅荒翠鴨晚香濃輭覓句到更闌忽覺凍生銀管消遣消遣憑藉玉壺金盞

荊州亭

北上憶別

生小桂堂共住今日片帆征路默坐憶容輝人在紅閨靜處　望極暮煙曉霧不見昭山雲樹腸斷欲行時淚眼熒熒相顧

西江月

殘柳

敗葉疏能受月殘條弱不勝煙寒風作意老芳年讓爾楪雩清倩　曲沼流泉凍玉長隄暮雪飛緜愁魂銷盡倩誰憐祇有羣鴉棲戀

鷓鴣天

春草

幾處春泥襯落英纔過寒食又清明調青細雨霏霏溼帖翠微風蒻蒻生　邀繡幰拂紅纓短長亭外暮煙輕萋萋會得東君意不道王孫有別情

天僊子

北上涂中詠柳

二月春風無著處弄色掔條勻碧霧可憐吹得緑成陰湘水渡遮難住細雨輕煙遊子路　欲綰飛雱雱不顧也自紛紛飄落絮赤闌橋外幾斜暉時已暮春光去別緒依依空滿樹

江月晃重山

舟中同外子玉夫作

浩渺江天一色蒼茫雲樹千重遥看五兩趁南風鄉心
背飛鳥去吳中　幾見僊人跨鶴曾聞下士乘龍奇奇
幻幻一尊同層波底梁影架雌虹

水調歌頭

春暮

春事到三月好景易悤悤時序推遷如此安得巧從容
莫怨駒光難駐且看雙鬟似舊明歲再相逢别有戀人
處芳草綴殘紅　步苔徑來杏苑覓吟蹤惜無胡蝶猶
自飛向緑陰中知是韶華將盡祇合攜壺追賞痛飲醉
東風願彼有情者移愛酒泉封

醉太平

偶成

枝頭鳥鳴梁間燕聲一般都是閒情動愁懷怎生　茶煙細縈窗紗半局晝長清興堪乘譜新詞謾成

九秌詞和玉夫外子

風入松

秌林

露珠蕭落晚秌心霜氣結平林幾番覓句隨吟眺西風健吹透層陰新月雲邊依約夕陽鴉背升沉　一天離思入羅襟目斷楚江潯疏疏寫出倪迂筆輕煙外綠瘦紅深雖是家園難見也教數費登臨

千炑歲

炑寺

竹邊林畔靈刹何年建金碧輝丹青炫清音溪澗繞寒色松雲亂遊不到半山梵響聽難辨　善惡誰知嶠陵谷會經變鈴語碎如吟歎客程炑寱泠覺路浮名絆車過也一天靜思鐘聲遠

祝英臺近

炑煙

颺卤風縈暮日炑意冷城郭極目騰騰直上與雲約莫敎縷縷分開濛濛如霧恐飛去天涯難託　槭還著近水無數人家黃粱晚炊作鄉寱依稀欲附慮輊弱祗憐

無住無黏寥空飄舉不受一絲纏縛

洞僊歌

秌砧

金風玉露已天時無暑素練家家動砧杵繡窗閒忽聽清響惱人聲正急吟對銀釭不語　薊城征路遠涼夜丁冬仰見雙星自心苦待擣碎離情可柰情堅春蔥倦音傳何許但願取長纓繫樓蘭莫負卻閨中此宵淒楚

清商怨

秌梆

征輪靜鹵風勁一杯清醑澆秌與離裏弱香衾薄有何紛擾爲誰驚覺梆梆梆　叓籌永銀釭冷欲瞑無寐聲

聲警山城角街欄落鳴雞相和暮蛙頻學閣閣

轆轤金井

烼鐙

晚涼初暝繡窗深一點玉釭低照斂影青熒度疏簾風小蓮籌數報正坐剔謾吟聲悄碎蘂垂垂瑤簪末剔飛蛾頻蹈　蘭膏幾番欲燥記紅閨舊日阿姊同好光映菭檞看詩成誰早瀉飛雁杳試回憶㸤心應惱逼出鄉愁憑誰問訊不如暝好

蜨戀𠌶

烼衾

紅隱夫容香欲透壘處層層巧繳誇金繡薄薄吳綿輕

裏就嫩寒恰稱清炑候　小病連朝如殢酒攲枕相依
蜨寱伶俜瘦記得殘春風雨後惜秀長是拋離驟

連理枝

炑蟬

澹日桐陰靜戛戛來清聽激越輕揚短長搖曳助人吟
興晚妝餘拈均寫新聲正鹵風淒冷　歆露情懷迥孑
潔誰堪茲細意偏憐慧心能學鬢梳輕影咲螳螂探葉
欲相窺廿應羞孤耿

臨江僊

炑蛩

炑意淒清風露冷小窗蛩語紛紜鼻鑪篆影靄殘雲夜

鐙紅處聲切更憐人 籬下砌邊吟不斷素娥留照般勤晚蟬低唱已宵分有情無意相和識其眞

鷓鴣天

悼亡

迮樹聲清咏意生鹵風吹恨入銀屏十季行止如絲縛三載情裏空淚傾 香未覓賤難成人閒天上不分明待看化鶴歸來日同奏賡頭紅玉笙

擣練子

冬閨

愁黯黯病淹淹寒透紗窗曉更添天又不晴風又緊棋篆香裏暫開簾

生查子

對月

輕籠薄薄雲遮揜明明雪點綴欲何如皎潔終難滅

纔道月如輪忽道眉如月生沒本無常銷長憑誰說

清平樂

初度

期先上巳酌酒添悲喜四十行年空爾爾瞥眼五旬來矣　銷磨已是今生幾時幻夢纔醒欲把愁腸和解那堪雙鬢星星

一痕沙

憶舊遊

憶過瀟湘千里帆挂半江春水蕩漾入雲煙小遊僊
昔日山川城郭此日林泉溪壑風景也堪留莫回頭

水龍吟

暮春感事

落紅滿院春殘雨絲柳綫籠潑翠茶烹活火香添幽麝
纔醒午睡蜨板空敲鶯簧半老遣排無計更潑林杜宇
頻催春去何能會悠悠意　屈指年華暮矣怕思量那
時心志迴腸九曲舊愁未解新愁如醉鶺鴒無憑關山
有阻狠煙千里問英雄恁是飛來天上挽銀河水

清平樂

偶成

棋風竹雨首夏清無暑小小齊紈涼不舉一曲鳴絃自譜　春如水上浮萍子規猶自丁甯賸得幾分閒意小窗蕉葉搖青

滿江紅

寄筠心大姊

萬種閒愁堆疊起問誰能埽看此日幻朱成碧世情顛倒藥味便佳癡莫公奚香有均饑難療望玉慶十二瑞煙飛雲梯杳　鶯語倦蟬聲鬧添別思憐同調聽子規啼斷幾多悲悼念舊不歸華表鶴避喧枉憶南山豹倚危闌湘水一帆風空凭眺

南鄉子

夏日病起

楳雨喜初晴滿院桐陰夏景清落盡酴醾春去久休爭杜宇頻嗁四五聲　小病怯纔平薄薄吳緜著體輕乍覺微風吹面過涼生且去尋芳辨藥名

聲聲慢

夏夜

窗紗低捲夜色清涼銀河浪影悠悠曲徑鳴蛩未寐先已褭寐飛螢乍來乍去小齊紈欲撲還休看不定向粤陰深處亂閃人眸　纔道詩情清絕淨浮雲朗映皓月當頭十二闌干應憐好景難留當季玉笙妙均和瓊簫共倚秦樓時易過對金波重引舊愁

荊州亭

㳂思

心事不禁懊惱閒步藕彎池沼觸耳又驚㳂風向梧桐到早　怕憶勝游過了極目蒼煙㚸昊舊恨續新愁併入清虚幽渺

前調

夜凉寥至白水洞見起新起毅

梧葉一聲細響湘簟夜凉初爽忽地御泠風人在清溪碧嶂　執手喜銷悒怏醒憶癯然形狀會得寥來因只合隨時調養

夜飛鵲

七夕

明河靜無浪今夕星期靈鵲自向南飛泠泠玉露夜將半筵前香靄爐霏閨娃待分巧思已塵昏炑水數問蛛絲閒情縱少度雲軿莫更來遲　論到隔年離緒歡意共愁心重歷修眉回憶長生情話僊緣永在塵世何其悲歡聚散算人間此味曾知但孤鴻心折支持未了願賜期頤

唐多令

偶書

積雪暗重雲閒愁入歲新小紅鑪薄酒能溫無奈此中消未得纔遣去又還人　寥落舊情親緐華事易陳語

悲歡識曲誰眞屈指古今多少事都只是鏡中春

踏莎行

送新毅兩男之湘陰

漏點催更雞聲促曙悤悤行色要人忩忩時知道有歸時離腸可柰難分付　曉月鈎雲殘星隱霧疏林故隔人行處倚閭莫訝眼成癡此心已逐長亭路

浣溪沙

春景

柳拂清池雪滿廊紅愁綠媚膩人腸慢吟須要細評量

繞樹早鶯飛箇箇撥芳胡蝶弄雙雙風光祇合付瑤觴

前調

夏景

研匣塵侵新燕飛槐陰正轉午風微未教炎暑上羅衣

細草念春心似夢落絮隨水意如歸紅香膩喜在薔薇

前調

秌景

曲沼香消蓮臉紅芭蕉綠瘦小逰空不禁愁思感飛蓬

竹枕冷聽殘夜漏葛襟涼怯曉窗風秌陰盡日閉門中

前調

冬景

瓦冷鴛鴦霜氣吹紅鑪火活酒盈卮手寒嬌睹半枰棊　凍雀倦垂風外翼小楳香秀雪中姿秊光愛此不多時

木蘭花慢

秋興

歎春回暑往慣畱得此中愁看遠岫微雲清溪落日人在高樓揮豪待吟短句聽喃喃燕語不禁秋無計除煩遣悶碧沈聊試茶甌　蕉心層疊含憂魂不返淚空流恨罡風無信玉釵聲折素髮盈頭人生幾曾夢醒問滄波何處是瀛洲雖信風霜易老那能盃渡如舟

擣練子

烌感

蛩咽露蒸鶩㷵戶牖綢繆事事憂試問此中方寸地如何容得許多愁

木蘭花慢

烌日寄箌心大姊

望丹山碧水豁塵眼一天烌聽紫燕嘁煙元蟬咽露風冷平疇登廔試吟舊賤歎今來古往總悠悠天意炎涼易換世情翻覆多尤　心頭銘刻兩眉愁知己恨難酬憶金分縞槖花傳綺席前事如流沈憂至今未解索衷腸欲訴竟無由雖道延季有術五雲遮斷瀛洲

千秋歲

寄賀筠心姊遷居

鵲喧鶯語僊眷初移府人共樂春長住煒㵾辭故宅鸞鳳古新寓誰許見玉虔綺戶春深處　羽檄驚旁午明慧相扶助戎馬靖奇勳著雲龍聲氣合魚水英雄遇東閣外扶搖直接朝天路

如夢令

夜讀

雲破月輪推破竹影篩簾千个靜夜興如何書味大羹難和頻坐頻坐小婢垂頭偎臥

南鄉子

中秋對月

雲淨月華流滿，挹金波瀉翠甌。坐到高寒襟袖冷，休休。病骨難禁半點秋。　如癡復如漚，已負清光四十周。舒卻迴腸禁卻悠悠，閒看池心碧玉毬。

鷓鴣天

秋興

澹日微陰八月天，猶多好景曲池邊。白蘋香冷波三面，紅藕香殘玉一肩。　梁上燕，樹間蟬，問渠何事意淒然。鹵風吹落梧桐子，滿地秋情粒粒圓。

憶秦娥

傷逝

天蒼蒼雨聲蕭瑟更聲長更聲長幾分愁病九轉迴腸
夢魂來太空微茫相看無語心徬徨心徬徨一聲雞
唱萬種淒涼

惜分釵

落雩

芳心悄香魂渺玉顏秀靨風中老意闌珊恨無端葉底
金鈴樹外朱旛翻翻　春將了雩方惱攪人無奈林間
鳥莫須歎不須看欲待離魂倩女重還難難

鳳皇臺上憶吹簫

孫夫人

龍戰天池鳳占皇旗豫州來卧東牀謌合歡簾內劒影

如霜天下英雄入彀絲幕下子細評量雩叢裏心傾季女膽怯劉郎　相將兩心自得鴛夢警干戈巧促行裝冀此身終託山海情長不道阿兄謀拙舟一葉生斷柔腸蟂磯水從教釀成萬古淒涼

水調歌頭

紅拂

天地毓奇氣巾幗有英雄鑠春朱戶潑遠超出繡帷中識得人閒英傑解卻香閨玉佩青眼薄楊公妙手竟何似蒼鶻落牲空　跨驄馬披紫綺任鹵風望中不意兄妹奇遇合雲龍不有太原公子讓走虬髯豪士何處袁奇蹤卻歎衛公智猶遜女郎風

桂殿秋

鷹

衰草地密雲天將軍走馬獵燕然重圍拚斷龍堆雪六
翮衝開鴈塞煙

擣練子

逢四八過重三輕煗微涼薄苎衫棋子酸黃香楝苦眼
前何物可回甘

桂殿秋

朝雨過晚赮烘蟲聲斷續小進空疏簾遠映三更月石
砌驚飛一葉桐

前調

風釀雨雨孳愁蕭蕭瑟瑟夜無休三杯酒續三更寥一滴聲含一點秋

唐多令

偶成

槐日祓炎氛松風解健人蕙蘭軒拈均傾尊莫把閒愁兜攬起風裏燭病中身　雛燕已成羣閒鷗未可親寄衷裏滄海粼粼望斷蓬山元圃路青鳥使總因循

剔銀鐙

蟲聲

沈李浮瓜日午洗不去一襟煩暑暮靄成陰飄風送響石砌亂蛩吟雨嘈嘈在戶敧側處病裏偏苦　栩栩春

駒能舞更有蜂衙臣主細意嚶咊哀音若諵做弄許多
言語無情少緒祗須向豆棚吞吐

帝臺春

感舊

車轍馬跡紅塵共驅策曾幾載閒頓把青絲催成華色
轉憶當年談咲處謾思念帝鄉風日更誰知好景無常
翻成愁國　醫不識香未覓淚盡滴恨難釋歎半世功
名幻如春寱一領素氈猶昔歸渡吳江萬重浪居止楚
山數椽宅問泉路相思可般般追憶

江城子

辛未夏日

名香開後錦屏空草濛茸樹鬆鬆扶杖閒吟何事意忡忡憶到衷腸無限淚流不下搵難窮　吴藹三起欠成功問天公歎無從拚此孤魂銷盡酒千鍾化作紛飛胡蝶去隨上下任西東

風蝶令

雨葉飛難著風枝瘦易驚小園秋色恁心情檻外蕭然黃菊乍含英　秀帶餘香薄單衣膩粉輕不禁清露曉泠泠祗有疏林紅葉共伶俜

齊天樂

詠月

一輪推起滄溟底高明朗開天際冷浸銀河光凝玉宇

人在層慶無寐浮生倦矣歎春去秋來幾團愁思念故
傷離此宵流盡不平淚　飛觴誰又作賤叟羈人戍婦
杯酒應醉鐵馬宵征金鉦夜起亦有英雄豪氣姮娥恁
似問鍊就銀蟾屏除纖翳冷徧塵寰幾人心似水

擣練子

月夜小飲

開玉鏡捲湘波夜光的的走團荷碧闌干金叵羅　吟
未愜酡顏酡人生碌碌幾高歌夜何其莫辭多

鷓鴣天

嬌女

姓翠雙籠秋水溶盈盈十五學盤龍丰姿明靚楪英月

心業遝和蘭葉風　蟬霧碧鳳纖紅潑閏遲日繡鍼慵
閒吟咲問唐人句中晚名家誰最工

踏莎行

鬭蟋蟀

樂土初安雄心頓起銀盆鼓勇誇千里陳雲紅處彩旂
開堦前蛙鼓聲如此　露冷雕欄風侵玉砌生涯應憶
平章第半閒堂外暮煙迷輸贏誰下與亾淚

十六字令

愁少緒無端不自由梧桐樹新月又如鉤

前調

空雩映清池月在中緐華寫今古一輪同

浪淘沙

秌夜

煙外碎螢流桐葉敲愁金尊無奈此時秌洗盡炎氛心似水明月當廔　青鏡曉霜稠塵寥無休茫茫滄海一虛舟掠破閒愁生遙思飛起溪鷗

賀新涼

中秌待月

風起雲開未好秌宵瓊廔夜鑠素娥猶睡安得高歌聲遏處湧出冰輪似水邀素魄金尊同醉莫負團圓詩酒興倚雕欄玉露沾衣被清漏轉腈蛩細　芳筵索寞嗟無寐望疏林朦朧隱見喜如人意羽佩珊珊何處是爲

逐天風下墜雲路渺幽裏誰寄乞與靈丹勞玉兎許相攜共作飛升計空幻想困塵累

桂枝香

烁光過半正白露霏霏冷捐團扇高楲如來金粟桂華初滿丹心最愛鹵風冷恁梧桐碧陰傷晚水亭遲步畫屏閒詠翠尊頻遣　憶月窟僊姿粲粲映碧海青天露痕淺淺惆悵雲梯高絕一枝空羨清芬此日羞蓬鬢算知音鶴警蛩怨小山塵靜小窗人醉癖和香遠

沁園春

短髮飛霜病骨禁烁觸緒自驚憶琴堂儁癖笙歌月莫東陵新藝溪鑿雲橫一寸愚衷千秊篆嗣鹽米堆中安

此生還遲堪遣有梁間語燕樹裏啼鶯　天公底事能平
祗歲序催人同此情任春華婉媚駸駸老大秋光圓滿
漸漸虧盈卷熟殘書杯深濁酒銷卻胸頭哀與樂學恁
處聽空堦促織尺寸須成

一翦梅

中秋寄德媗姪女

良夜鹵風動別愁分付金尊一寄離憂畫屏秋滿桂香
浮月映瀟湘人在吳頭　別久清霜結鬢稠醉不成眠
瘦也無由片雲飛盡意悠悠網得江魚未解傳郵

木蘭花

秋月裏德媗姪女

陰陰遮院天如霧瞑鼻煙霏香一炷鴈聲遠帶別愁來風意冷催烁色暮　屏風八幅瀟湘路片片歸帆煙外樹酒杯若會此時情醉送別魂江上厺

梁州令

詠醉夫容憶德媗姬女

寤覺江聲繞清霜皎然僂曉珊珊玉骨倚西風幽姿雅均叓此梨雩悄　貞心不向東君道一醉除煩惱故人此日芳尊遠對此酡顏相與共傾倒

聲聲慢

瀟湘夜雨

波沈斜照山吐濃雲飛來夜雨瀟瀟一棹輕寒驚回遠

寥無聊歸鴻帶書乍到爲冥迷低度溪宵知此夜動湘妃幽怨淚溼輕綃　最是春秌佳處澗畔雩紅透汀蓼香饒桂楫疏簾明看曉漲平篙憑它玉琴洗耳和清聲流水苕苕更未歇倒金尊閒讀楚騷

水調歌頭

洞庭秌月

秌浪渺無際皓月湧冰盤半帆風意初定幽思滿湖天四望乾坤清冷一曲霓裳誰度清夜杳飛僊試想廣寒殿嬌舞鬪嬋娟　越瓊島升碧漢躡人間莫教有缺惟願長似此團圓果是清輝先得快此扁舟遊賞一醉寥悠然跨鶴覓佳句飛破岳陽煙

玲瓏四犯

江天暮雪

曡浪浮空正暮景同雲高結天蘂素甲紛飛誰喚玉龍初起江上衮衮紅塵忽幻做玉田清泚問素犯翦水搓緜風裏素纖皴未　小舩無个漁翁倚祇歸鴉載飛江涘禁寒會趁南枝約疏蘂盈盈臨水誰似訪戴高人費卻扁舟清思想玉尊無價寒不覺春如此

眉嫵

山市晴嵐

望長天如鏡臙色淩空嵐氣霽朝雨樹裏人家在炊煙外空青新畫眉嫵待揮楮素惜未能皴染如許祇須索

鏡裏文君貌有娟若空趣　千疊雲峯堪數愛髻螺聳翠鬟碧籠霧一鼎金烏下依稀見飛椵孤鶩齊度問誰解賦繪色空摩詰詩句算千古雲山能幾度供吟覩

水龍吟

煙寺晚鐘

暮煙黏住飛椵寺鐘遠度山容紫莊嚴粉碧旃檀芳靄夕陽林裏百八聲中空靈虛渺醉魂驚曳記祇園妙偈來來去去空空意如斯耳　恍若慈雲過矣震高峯杳花逶迤餘陰黯澹殘巒蔥蒨塞鴻千里鼎食心雄鼓詞情厭幾人空爾聽消沈一瞬銀蟾浴浪看長鯨起

滿江紅

漁村夕照

兩兩三三共撐起半江風色飛櫂處日斜檣艣浪翻丹碧濁世浮沈高士志亂流明滅詩人筆看賓鴻飛影過前川赧楠赤　蘆葦畔鮮鱗溼楊柳外炊煙直趁餘暉沽酒醉吹横篴芳樹斜銜新月細遠峯横受飛鳥疾倏然間江影蕩明星餘空白

望海潮

遠浦歸帆

清流平遠行旌隱約慶頭望眼應眞湖海壯遊琴書雅興當季一舸輕分羇思感鱸蒓正荻咢捲雪鷗鷺驚羣桂楫蘭橈一帆風色趁歸雲　颻颻片影輕翻帶重湖

雨色湘浦波痕心旆共懸懸思竝繫曾消幾度朝昏蘭澤有芳蓀算扣舷詠嘯誰弔忠魂忽忽斜陽半銜新月映衡門

百字令

平沙落鴈

水澂沙淨聽鹵風正緊吹來燕塞鐵畫鉤人多別意折斷斜陽煙靄岸柳鷺霜汀蘋泛雪處處烌無奈江空天遠亂峯横影如黛　猶記海角天涯孤臣持節書字曾經帶漢苑龍沙雲路近矗矗衡峯相背𥨍渺鄉關心傷羇旅宛頸生凝眛暫依蘋水幾時高翥天外

江月晃重山

步放翁均

本自蘧蘧無著何須碌碌相干白駒難與駐行輦遼東鶴何日可飛還　最喜味和薑桂偏憐臭少芝蘭老松蒼翠菊雩寒銀瓶酒銷卻衰痕斑

朝中措

詠水僊雩

韈羅輕曳水波寒紋石倚巑岏伴我孤鐙細照憑誰一曲輕彈　金尊慢酌清吟欲和解語應難待到三更㝱裏浮杯共渡江干

擣練子

雪景

垂玉筯挂欠絲石橋殘柳想依依好東風何日吹春
意淺酒休辭消寒誰與勸金卮小楳萼暈臙脂

江月晃重山

雪月下賞楳萼

已是黃昏院落還疑旭日簾櫳一輪高映玉壺中驚鴻
影宛若畫欄東　冷浸雕欄獸倚香盈碧罩誰同塵氛
淨絕意交融清寒味味無處著春風

朝中措

詠卮中碎枝蠟楳白楳

蜜脾香味漏蜂衙相倚玉無瑕莫訝風前殘雪休疑雨
後黃萼　青鐙半盞清酎數卷卮水生涯細倩三杯佳

醲□消絕世丰華

鶯啼序

壬申元夜感舊傷逝步吳夢窗均

華鐙慶逢令序喜銀蟾映戶憶當日良宴飛觴挪卻鐘漏朝暮任嬉戲生香解肖紅芳自翦連枝樹醉相邀彤管爭春謾吟風絮　幾度隨肩鬬草印雪看雙鬟似霧奈駒隙南浦扁舟別裏長隔情素費清辭燕鴻縹緲誰離緒吳蠶絲縷願它年偕隱林泉約盟鷗鷺　雙鳧一去獸鶴悲鳴歎遠羈客旅悵此後鳳簫聲咽慘慘淒淒鏁恨含憂半遮雲雨行旌慢引孤篷低蔭江波平湧歸期滞望鄉園未許崇朝渡垂楊兩岸空憐在昔風流竟

成敗葉蘦士　僊源聚首泠月烁圓惹淚凝褒芝鼓晚
櫂悤悤分裓偃遡瀟湘故里重回彩衣隨舞輕塵易祓
萱摧蘭顇常華今又傷重折恁哀思休使縈絃柱憑敎
浽付金尊少樂多愁素娥會否

水龍吟

元夜戲詠龍鐙

雪挫仌泮春生卧龍躍破重湖浪乘時送喜靈光輝煥
人間天上舞棚春融歌慶月滿盡裏歡暢聽鉦鞉共奏
太平風景尊中酒休多讓　驀地轟雷驚放恣迴旋星
流雲蕩滄溟望隔玉京應在誰探珠藏瑞鳳斜騫祥鸞
輕翥競呈嘉貺問何人巧思飛騰神物使行諸掌

浪淘沙

風雨遣悶

鐙市恰纔收日嫩春柔風聲颯颯雨聲幽蕩漾簾波寒不捲約住閒愁　鈴語譁枝頭倦柳迴眸紅棠蕭落舊風流謾把金尊銷未得樹外啼鳩

錦堂春

春夜聽雨

東閣棠魂欲斷南園蜨夢無蹤乖乖春事㝵朝近都在雨聲中　珠壓輕煙細細銀荷碎蘂濛濛金錢擲破鐙㝵喜明日曉翻紅

前調

落楳

枝上新鶯細碎堦前嫩草蒙茸凭欄何事孥心緒墻下落英紅　閒殺裹香小鳳應憐拂水驚鴻三山望渺名香斷惆悵玉堂風

南歌子

病中對水僊

旭日開乆鏡微風煗玉柯雪姓涯院喜春和可柰季衰心倦病如何　寤醒蓮籌促愁溦竹葉多盈盈無語助清歌應信驚鴻僊袂乍凌波

沁園春

哭汝充大兄

卻艾披榛用舍惟賢不見古人歎重溯淚靜臣心似水滄溟月冷宦寥如雲廿載辛勞千秋義憤麟閣何人圖畫新軒裳貴祗到頭難得清白名存　交遊此日誰親記笞歲長開堂上罇看英芬尙在香森桂樹光風未遠秀擢蘭蓀往事空悲餘季易盡休道蘧蘧幻境眞孯愁處又令原草綠無限傷神

百字令

輓孟翔姪

薤歌悲詠歎吾生半百頻揮清淚破淚雄心今已矣瘦影棣萼猶記（姪有與棣比瘦圖）品潔芳蘭命艱磨蝎事事推人意玉廔何處碧雲高捹天際　曾念學在專經青鐙風

雨形管勤終歲瑰磊難消今古恨杯酒且須沈醉孝友
爲裹服勞無倦未盡平生志九原追步竹林佳會應繼
汝充兄太公歲
八月捐館

泠香齋詩餘

冷香齋詩餘

冷香齋詩餘

湘潭周翼杬德媗譔

畫堂春

春衫初試柳絲黃，雨餘輕暝輕涼。流鶯宛轉促晨妝，嚦遍垂楊。　芳草萋萋碧色，新晴冉冉幽香。消閒無事下迴廊，多少春光。

珠簾捲　春夜

珠簾捲，嫩涼輕，聲聲杜宇三更。臨罷蘭亭閒坐，風傳欄馬清。　深院晴香細細，空堦月影盈盈。最是一涯修竹，添韻事，助詩情。

鳳棲梧

春晚

轉瞬春光三月暮宿雨微姓翦翦輕寒度滿徑落英鶯亂語聲聲似惜春將去　向有薔薇開幾許綠嫩紅香鳳子雙雙舞簾外雰陰初轉午日長無事敲新句

臨江僊

暮春裏六皆妹

煙柳絲絲青妥風雰點點紅稀裏君無緒啟羅幃看它新燕子仍向舊巢飛　長日共拈彤管閒時靜理金徽而今回首思依依春光看又盡何日見清輝

菩薩蠻

晚眺

繡餘閒步青苔院暵風微拂珠簾捲斜日下迴廊梨雩澹澹香　高廈閒自上靜倚朱欄望片片晚霞新盈盈月近人

鷓鴣天

暮春口占

仄仄輕寒褪袷衣清和天氣夏來時雨餘新綠連雲暗風過殘紅滿院飛　焚百和理金徽新詞自詠送春歸春駒不識韶華去猶逐餘香颭黺衣

水龍吟

白桃雩

雨餘露井春生飛瓊夜翦瑤池雪新妝照水蘇英如玉幾枝初發洗盡鉛華消除塵垢望中幽潔但芬芳未了枝頭杜宇偏只是啼聲徹　愛爾丰姿清絕倚雕欄不言堪悅玉蘭沁露梨雰帶雨丰神終別煙淨池塘日長庭院鶯聲乍歇趁東風試把瓊枝摘取綠窗陳設

十六字令

對月

團一片清華映碧欄詩情好對影愛高寒

清平樂

送春

斜風細雨又送春歸去小院流鶯時自語似欲留春久

住　雨餘繡閣寒輕殘陽卻照疏欞試向妝廔閒望林
園狼籍零英

采桑子

初夏

闌珊零事春初去雨過園林翠竹陰森尚有輕寒透薄
襟　綠窗日永人聲靜曲罷瑤琴寶鴨香沈小立階前
謾短吟

百字令

秋望憶家

登高眺遠見長空萬里水天一色颯颯西風涼意動恰
是清秋時節桂蘂香濃夫容露冷此際炎光歇倚欄凝

望遠岫暮煙籠碧　林際幾點歸鴉蛩聲滿耳樹杪如鈎月别恨淒凉吟未盡目斷雲山千疊峭𢇁蕭疏井梧
䨏落總是關情切征鴻無信此意待憑誰說

滿江紅

夏夜憶愼娟大姊

小雨初幾蕉窗外炎威半歇試起捲湘簾閒望碧天如抹一樹蟬聲清冷露滿庭雩影嬋娟月最關情梔子送清香離愁結　封書字空䙝切思君意難安帖憶當年繡閣相依時節秀句頻敲元話好瑶琴漫譜清音徹悵而今雲水隔千重何能越

夜飛鵲

七夕褱諸姊妹和茹馨姑母原韻

長天已無暑佳節儼期妝罷自啟簾幃雙星拜了後漏聲靜筵前涼氣侵衣飛螢乍來忽去望銀河淺澹鳳駕將移含情不語逐浮雲冉冉來時　回首舊年情緒今夕盡安排拶果蛛絲何意關山阻隔清輝難見尺素偏稀姝容似洗愛如鉤月影遲遲柰芬然離思推排不去轉蹙雙眉

新鴈過妝樓

新妝

酷暑初收林園靜亂蟬遠樹清幽歲華欲晚梧桐又墜

新妝曲沼夫容半落繡幃低捲下妝樓引詩情夕陽樹

杪鴈陣雲頭　新詞幾番譜就倚朱欄眺望月影如鉤
素紈嫞舉侵衣涼意輕柔紗窗篆煙半爐愛素盆芳蘭
氣味投知何處起一聲長篴遞清韻悠悠

減字木蘭花

晚望

繡林初下覓句閒行來晚樹玉露金風幾樹疏黃間老
紅　夕陽林際數徧歸鴉還小憩撲面香來籬畔秋花
次第開

倦尋芳

秋月偶書

長天雨歇秋意蕭森遣興清書翠茗時烹沈水自添金

歟捲珠簾步苔徑芒衣薄薄輕涼逗詩季華竟怱怱近了重陽時候　看籬下黃雲開遍幾陣風生暗香盈褎摘取歸來終日碧窗相守一抹殘霞天已暮畫屏烁靜黃昏後寫風光入詩囊已成還又

滿庭芳

對月憶翰生妹

理罷殘妝晚涼輕逗小雨纔歇長天片雲飛盡明月映窗前一片清華似水吟望久興味悠然星稀候聲沈萬籟清影十分圓　無瞑更漏永金風細細玉露娟娟正香添沈水茶熟龍團記得前時此際虛窗下謾擘紅榴相望處山河間阻別恨幾時捐

憶秦娥

上壽芝外子墓

風蕭瑟行程咫尺松林側松林側酒漿一獻紙錢飛雪

斑斑不盡啼痕赤傷心此日空相憶空相憶泉臺路杳幾時見得

連理枝

冬曉憶敬婿妹

旭日虛檐映寥轉紗窗冷素幕低垂玉匳塵滿小妝慵整剗菱花不語蹙雙娥奈歸期無準 薄醉渾難醒可耐風聲勁舊恨新愁別裏離緒有誰能省聽天邊嘹唳塞鴻歸處鸞箋問訊

浪淘沙

月夜偶成

微雨喜初殘皓魄新圓傳書何處覓歸翰默坐小窗無意緒試捲簾看　風冷怯衣單玉宇高寒青天無際夜漫漫對此清華增逸興覓句憑欄

水龍吟

春日刺繡與玉耕女姪分韻

長空小雨微殘疏簾半捲東風緊吳緜作褪越羅初試輕寒猶賸屏卻煩囂閒描繡譜深閨清靜正參差未就垂楊解意虛窗外搖纖影　繡遍春三好景愛平林綠陰遮徑粉蜨翩翻粵枝娬媚雀兒明滅夕照低欄鍼絨

檢點香奩鳳餅共推敲秀句新詞別有一般清與

琴調相思引

送別少華妹

乍暝還寒雨後天征鴻嘹唳別衷掔可憐春半南浦草如煙　目斷魂消人不見意長牋短恨難傳不禁回首清淚一潸然

訴衷情

舟中寄玉耕女姪

輕寒釀就暮春天風雨別衷掔那更雙魚信杳目斷楚江邊　情默默意緜緜擲金錢試問歸期是楳雩後柳雩前

燭影搖紅

春暮寄裏慎姊

秌水長篇鑠窗閒自消清晝棟雩風冷惜春歸早是清和候小院落英鋪繡點蒼苔蜨翻蜂聚惜雩心倦對景情掔因雩裏友　鴈足無憑伊蘭雅均空回首㝱魂無奈幾關山後會應難偶眉上愁新並舊語離裏新聲未就路長誰寄句短難宣推敲還又

蜨戀雩

秌日憶孟翙弟

風雨蕭疏秌欲盡砌菊堆金早又重陽近過鴈嗷嗷雲際影一聲聲起離人恨　小院黃昏人語靜卜鵲憑著

望斷雙魚信萬縷愁腸誰可問遣排惟有拈新均

憶秦娥

秌夜裏歸

秌容老蒹葭露結寒〻生早寒生早羅衣欲換玉缸低照

清尊設酌歸心渺追思往事愁多少愁多少吟蛩聲

細塞鴻悲悄

憶江南

病中哭母

秌意盡風雨更愁濃此日傷心徒歛泣攀號莫遂恨難

窮望斷楚山重

前調

嗟汞訣罔極痛成空二豎銷磨暝未穩夜臺清寢杳無蹤何處見慈容

琴調相思引

畣慎娟靜齋二姊寄褱之作時筠心姑母見背

素錦裁成寫恨深一回披玩一沈吟寸腸如結血淚更沾襟　過鴈聲悲殘月冷篆浮香靄碧窗陰此情難遣相憶定同心

冷香齋詩餘

夢湘樓詞

夢湘廔詞

㝱湘廔詞

常熟宗婉婉生譔

海棠春

春曉

暖香縈㝱春將曉小院靜曲房深窈翠幙一重重那有東風到　半醒半睡聞嗁鳥似報我海棠開了檢點㝱如何約略春多少

醉蕚陰

春莫

風捲殘紅餘㝱碎㝱也傷憔悴追想㝱如何㝱不分明㝱醒還如醉　夕陽影裏重門閉别有銷魂地怎樣不

銷魂要不銷魂恨少留春計

前調

葬春日謹步　家慈原均

覆地綠雲圓又碎。鍔比人蕉萃。小語問東君，一片紅情夕照能留未。　閒煞點點窗紗閉。悔識詩中味。若不爲聰明，歲歲春歸省卻傷心淚。

金縷曲

送春

此恨眞千古。忍忩忩、臨歧把酒，送春歸去。幾曲闌干閒倚遍，總是没情少緒。但望裏、夕昜無語。殘㾐一絲風翦斷，問誰爲、題破傷心句。此別廿，嗟何遠。　晝慶無計留

春住儘銷魂紅稀綠暗美人遲莫芳草連天天接水要
鬲幾重雲樹君莫問春歸之路流水落花遭小劫算人
間天上無憑據此去也歸何處

高陽臺

意槑

宗宗閒庭悄悄小院東風消息沈沈月地雲階去年想
到如今嬋娟別後期無恙奈近來連日春陰最惱它冷
盡芳魂酸盡芳情　孤邨何處唫魂渺記殘宵有夢流
水無心慘慘悽悽幾回覷覷尋尋遂聲歛落空山月夢
回時猷自沈唫怕來遲花怨蹉跎人怨飄蕭

前調

意蘭

聲咽瑤琴寥同遠水空教立盡斜暘渺渺予懷所思霧袂風裳心情欲託春風謝怕春風不到瀟湘悄無言一度沈吟一度思量　閒窗讀遍離騷句向香邊摹擬畫裏猜詳一往情深美人宛在中央碧雲飛去杳無迹又依稀月澹煙涼儘銷魂幽衷誰通幽怨誰償

離亭鷰

初夏病起

又是三春過了紈扇羅衫試到半晌倚闌神思倦不耐侍兒言笑對影綠成雲紅瘦幾絲斜照　簾外湘波渺渺簾底愁人悄悄自是病多無好寥寥廿亂如芳草小

院靜愔愔忽被棋聲驚覺

望湘人

秋意

漸秋容黯澹秋氣宋寥斷煙疏雨時候落葉敲窗亂峰鏁寥寥與葉聲同墜病感三分二分中酒一分羮萃聽鴈聲遠過瀟湘暗把秋魂驚碎　閒上高廔歌倚正秋風嫋嫋洞庭波兮歎險到離騷悵望霧鬟雲髻夕昜林杪莽雲天際一片蒼涼之意目渺渺不見湘君岸草汀蘭誰寄

前調

染指

覷纖長指爪未褪嫣痕女兒彎又閒遍懶揑金鍼慣掐彩筆愛傍芳叢頻揀小摘繁英細剔攢帶藍碎根片捲裹羅囊上春蔥彷彿珊瑚成串　多少深閨蘭媛慣鐙前月下比評深淺認紅豆初拈幾誤鸚哥偷啣金盆穌露玉纖流豔染了又還重染怪小婢道是虓痕一樣凝成紅點

壺中天

彎影

移來畫裏看亭亭嫋嫋東風鶉卷簾角簷陰會省識橫把月明界斷如此朦朧者般黯澹幽寥誰為伴悄然無語夜深飛上窗畔　遙憑幾曲闌干幾重臺榭幾處閒

亭院非霧非煙香氣襲望太模黏一片滿地春痕露凉
風緊心事添悽惋西廔月落化爲雲氣而檝

前調

㛹光

百㛹叢裏看神光離合共矜明媚暈入東風春欲笑不
定香痕如水暖處揚輝姹邊檝彩天氣濃於醉看朱成
碧倏而非紫非翠　聞説綺陌芳塵豔魂飛處蕩得春
陰碎一隊鈿車相照燿入果能如㛹否作意揺紅牽情
瀁碧那解傷蕘萃餳簫休弄恐將撇影驚墜

前調

㛹魂

落紅堆裏賸半絲一縷呼之欲出人在小窗扶病起恍惚似聞聲息玉已成煙香拚化土此恨終鵑滅落荒院冷知它多少悽咽　堪歎從古佳人幾多豔魄曾與君同刦回首澹煙涼月夜春寥了無痕迹悄悄冥冥酸酸楚楚偷向簷陰泣曉風歛楲卻從何處尋覔

前調

粤寥

一痕縹緲怕淩空化作彩雲飛去胡蝶多情先入寥暗把香魂留住風擊鵑圓雨淋易碎儂願無風雨睡鄉安否算教迷卻歸路　幽絕小院迴廊月粤滿地粤似人無語露重煙深扶不起春在最淒迷處舊事朦朧芳情

搖漾香霧空濛護夜凉如水推窗猶恐驚波

前調

粤氣

春愁未醒忽春風斂送春情如水春淺春淡春不覺暗襲春人衣袂春思朦朧春魂澹宕春霧霏霏墜日高春暖曉鸎嚎破春睡　堪愛闌亞凭香簾低浮豔畫到空濛際一片濃芬無著處敝入碧紗窗裏不是旃檀並非沈速藁遍繁粤地扇廧鄰女可曾猜是粤氣

前調

粤愁

粤開粤謝算秊秊總被東君躭誤欲說平生多少憾提

起不勝酸楚幾日芳菲幾番搖落幾度驚風雨夕陽影裏容彎如水流去　知否我自春來爲彎蕉萃未忍繇彎謗彎果聰明應會得只恐叟傷情緒病裏春殘酒邊寥繞寥醒春何處綠悽紅慘有懷鶍向人語

點絳脣

初夏夜作

新月如鉤畫簾倒影雲拖地二一分還未未有團圓意冷浸陰魂悄向闌干倚彎陰底落紅堆碱一陣東風起

憶秦娥

春雨

東風急雨聲纔止西風接西風接歛將泪點鬲窗同滴

寱中訊問春消息依稀聽得凋凋藹極凋凋藹極覺來無語又戚淒咽

高陽臺

題小青瘦影自臨春水照圖

一種愁容十分病態可曾眞箇癡心强整新粧東風戲自沉唫無情有憾誰人見只一泓春水分明冷清清庭院深深楊栁陰陰　天荒地老尋常事算人間只有此憾鵑平薄命紅顏枉教占斷才名傷心我亦工愁者向畫中訂箇知音願從今卿自憐儂儂自憐卿

如夢令

戲題團扇

素練裁成團扇新樣十分圓滿試向掌中擎明月全身

都現如面如面只當素娥相見

潑墨親描團扇聊把病懷消遣畫出牡丹枝不耐粉勻

脂染淸減淸減添了一分妍倩

絲筆閒題團扇小院日長門揜不寫古人詩須要別開

生面飜遍飜遍幾曲小詞香豔

手弄生綃團扇風動薌霧香遍病後減容光羞說夫容

嬌面斜揜斜揜恐被采蓮人見

皎潔最憐團扇伴我小庭深院一夕起秌風涼意暗中

歛遍緣淺緣淺再扇幾時相見

不是班姬團扇不是芳姿傻面卻是廣寒人親翦一層

雲片消遣消遣小字自家題遍

湘月

題繪烌圖

烌之爲氣有千變萬化人怎描得不道寥寥數筆裹竟把精神傳出冷月無聲寒煙有影攝起烌魂魄此中清景算來只我能識　廔上一帶湘簾湘簾不捲廔下湘波白不盡寒流厺渺渺倒浸銀河無色桐尌中閒芭蕉側畔添座湖山石綠窗休閉待儂一霎飛入

菩薩蠻

題美人圖二幀二首

美人家在湖邊住引儂神往圖中厺影肎小窗紗紫薇

初試䲭　堊楊低拂處不礙尋詩路嶮罷意何如魂消
一卷書
梧桐涼罩亭亭綠美人想在闌干曲偷向畫廊西看時
不見伊　窻隨芳草轉覷到湖山畔心事怕人知迴身
背立時
前調
聞桂䲭香偶成
烁闐宋宋烁烁風入裴裒猷倚闌干立杳忽逐風來桂䲭
何處開　小鬟剛欲摘卻與雕牆隔牆外是鄰家鄰家
有此䲭
前調

詠臘槑

縱橫老幹蒼如鐵因何亂點黄金屑看到素心開黄金買不來　道糀相似否要比槑彎瘦一事不如槑天寒有雀陪

釵頭鳯

賽社

鑪煙繞香風到滿街錦繡光相耀佳人在紅麈畔彩旗過廿侍兒低喚看看看　鄰姬道今秊好香車寶馬知多少天將晚遊人返夕昜西下畫簾閒捲槭槭槭

高昜臺

輓淸河郡蘭卿表姪媳

歛氣如蘭其人似玉豈知命比琉璃幸有前緣廿曾省
識芳姿秦㛮一夕簫聲斷悵香魂化作雲飛是耶非髣
影衣香髣髴裏依稀　從今冷落張郎筆歎畫眉無計杜
費歔欷鐙暗空房忍聽枕畔兒啼那人生小姮娥樣果
紅塵無分留伊最淒共月漸團圓人反長離亡於十四日

滿江紅

述懷

生不逢辰慣消受風波顛覆還指望小窗鐙火伴它勘
讀諱病强支千日恙食貧勉學三分俗向悄無人處一
凭闌吞聲哭　肩如削胷如束容憔悴衣單薄已心灰
似爐泪乾無血自信艱鷄安妾命廿甘辛苦隨郎逐算

非關造化忌聰明儂無福

前調

述懷示書君女弟子

屈指平生無一事堪舒眉桒（棗）耍（棗）——

屈指平生無一事堪舒眉。桒耍秊來椿摧荆折釵分鏡孽。一弟青衿憐落寞兩兒黄口傷孤子向普天之下數煢人無儂匹。思往事空陳迹提舊恨徒悲咽已炎涼閱遍世情仌雪醉後惟餘三復歎人前肎下雙行泣但相期弱息到它秊能成立

高昜臺

賀書君女甥新昬

彎醉賔筵春濃甥館笙歌擁滿彎堂樺蠋迎來爭看玉

樣東牀伊人況是金閨彥叟聰明嬌小無雙好承當綺麗季彎細膩風光　惟儂忽忽懷今昔記絳帷啟處桃李成行曾幾何時畫眉各倚檀郎從今講席慙虛設要阿誰伴我芸窗要相逢須待來春槑柳舒芳

湘月

題沈柔生女史寫竹小影

前身姑射向瑤闈弄影別具風雅攜得玲瓏五色筆胎息文家支派雨後修篁風前叢篠十指淋漓寫裴裒尺幅墨香宛宛縈惹　況復縛頰豐頤十分端麗富貴孿相亞合受人間清豔福壓倒閨房林下糙不全描容含半笑望裏尤瀟灑幾時真箇許儂一接清語

鳳皇臺上憶歛簫

題俞月卿茂才暨德配秦王兩夫人引簫聲院合稾

才思如雲風情似水天生一種飄蕭況得逢佳偶共奏靈璈惆悵子登僊去重件取弄玉歛簫堪誇是才俱道蘊學竝班昭　寥寥撫今溯古有幾箇人兒得似伊曹羨倡予龢汝豔福能消豈比尋常兒女秖解把嫩弄脂調神僊侶抽書擘箋別具丰標

前調

題粲生妹月榭尋詩圖

一片空明數重罨畫平分水榭雲寮羨揭來詩境如此

清超試向圖中覛句應較勝臺上斂簫凭闌處檀痕細
招釵玉頻搔　茗茗畫長昇遣向日裏尋詩尋到中宵
耍唫風梧葉葉葉飄蕭飄墮幾分秌意斜月影暈上輕
綃憑傳語夜寒露涼莫儘推敲

金縷曲

題翁月如夫人玉鸞閣焚餘草

讀罷臨糚句宛相逢一匳清影兩彎眉嫵機杼羹湯供
婦職還把東鸞錄取集有錄東鸞錄偶題一首耍靜好瑟琴同御唫
得新詩成卷帖向東君未肎輕流露人靜後方傾吐
雲飛尌嘯驚人語雲起山飛走風回尌嘯呼集中斷句也最堪憐蕭蘦環碎
珮不能完聚空際曇鸞纔一現月冷斷魂何處料已趁

天風歸去留得數行遺墨在付多情奉倩傷心補才與
德超千古

百字令

題王佛雲明府壽邁家藏葉小鸞眉子研搨本

來從海上向蘭閨分授緑窗羣彥研亦如人詩骨秀跡
就玲瓏圓轉石髓坳中墨雲堆裏眉月彎彎現琴邊匳
畔供它書破褰練　無奈塵寥鵜長曇雩易檄流落璃
瑤片屈指升沈經幾度又被錦囊收檢八載摩挲得此（明府研已八載矣）一規珍重運腕臨摹遍愧儂鵶管有緣亦預評
點

滿江紅

題溧水任秀才增殉鵠略後

氣吐長虹，請看取、書生義烈。打疊起、尋章摘句，操觚弄筆。斷指誓同南氏入，含豪肎效秦家七。但章程、十六列條條，言詳悉。　矛耀水，戈拼雪。團義勇，招英傑。向萬人頭上，力殲餘孽。創重渾忘身中礮，戰酣彌覺肝横鐵。儀從容、含笑入重泉，標忠節。

金縷曲

題家書勸姪維城小捍山慶詩藁

生小才名大，日消磨、左圖右史，等身環坐。觸撥靈機成一片，好句劈空飛墮。肎拾取、前人餘唾。唾罷葬愁無伴侶，有阿兄、慈母同商可。還要與，相酬和。　一編在手背

忘臥儘幾多俗情軃軃休來煩瑣我亦幼季耽此癖小阮居然勝我總不放光陰閒過方寸有苗憑醖釀看筆萼豔裏心萼吐開不斷香千朵

虞美人

題龔純甫參軍緡熙夫人謝氏林風[illegible]朗小影

謝家林下高風好今古憐同調披圖算湧著閒評即就籤題已見性聰明　檀郎況復同京兆參軍自號畫眉生慣把纖眉埽彎彎新月逗詩情中有一痕烌氣撲人清

賀新郎

賀張型欽合巹

一管唫豪妙數季來詩僊草聖眾皆傾倒今日兩行萼

燭下學把春山輕埽料淺淺自家知道況遇新人同玉立叜領椒家世多才調娶陳氏珠與璧相輝耀　洞房深處三星照最宜人滿庭烁豔助它雙笑良夜苕苕遞漏永羅帶同心香嫺願早叶夢蘭佳兆愧我忝隨葭莩末綴蕪詞廿獻塗鴉藁歌一闋新昏好

百字令

寇氛未靖雨窗悶坐鐙下填此

已交冬杪恁蕭蕭颯颯似將烁作幾陣飄來斜復整亂撲小窗鐙火風緊雲淒天低月黑旅夢如何度聽殘宵柝披衣還起愁坐　見說故里兵戈它鄉鼙鼓處處烽煙阻不定行蹤萍泛水瑣尾唫成誰觧老逼人來饑驅

兒么祇賸悽惶我仰天而歎泪咢觪雨飛墮

大江東么

海船書懷

海波不作水天外一望茫然無際萬頃琉璃人倒影濯盡脂香粉膩振衷臨風飛觴酹月大有髯蘇意銅琶鐵板許儂也吐豪氣　休爲萍泊宅鄉故園荆棘滿腹生牽繫屈指平咢過半百須識浮生如寄歷盡艱難從今應悟離合悲歡理學書學劍有兒幸亦摩厲

金縷曲

京江陸吾山明經索題其先慈唐太宜人瑶蕚

火織當空罩忽傳來清涼妙劑瑤箋僊藁讀罷盡將煩
歊太心體一齊傾倒竟妙到莫名其妙見說丹青尤絶
藝更宜家宜室多才調眞不愧宜人號　萱萼可惜凋
中道幸椿庭蔭成雛鳳飛鳴能早生就一枝如椽筆筆
底千軍橫埽總不外文章忠孝爲痛春暉酬未得錄遺
編敬謹傳梨棗千載下芳徽表

疏影

題沈竹齋太守元配阮恭人橫琴坐月圖遺照

即用太守悼亡原均

琴橫凡玉恁思歸操裏譜出離鵾變徵聲中彈斷幺弦
長康妙筆鵝續多情祇有姮娥影尙扃著煙林窺綠料

得它碧海青天廿惜瘦羇人獸　猶記揚州舊寢寶窗共寫均爭剜唫蠋尺幅摹憖此日情懷悽入庾郎心曲洞房已絕瑯璈響痛尙列哀絲豪竹恐一時誤觸冷泠驚起又披橫幅

菩薩蠻

鉤月將沈窗鐙未灺仿迴文體塡此以遣旅況

月鉤如傍栖禽宿宿禽栖傍如鉤月門掩又黃昏昏黃又掩門　碧窗紗影疊疊影窗紗碧扶寢旅鐙孤孤鐙旅寢扶

念奴嬌

爲聲甫甥題戲貓士女圖

披圖一笑試從頭認取畫中佳麗滴粉搓酥嬌品格要著堆雲雙髻宜喜宜嗔十三十四正是芳年紀可憐時候耐人多少尋味　底事不繡鴛鴦不調鸚鵡不把鵾弦理象管鸞箫都不按祇裏貍奴閒戲睛點寒金體團温玉爪撲香懷裏氍毹棊局唐宫舊事猶記

虞美人

又題雙美月明放棹圖

一規圓月當頭照月底飛蘭櫂誰家兩美結同心凝向水中共把月痕尋　煙波無際瑲懷渺一舸涼雲罩不知何處薦彎林纖向緑楊影裏且消停

前調

爲海昌曹紫貴上舍題美人笑拈紅豆圖

湧同北地鬻支比吟篋頻季寄千般旖旎萬般嬌眞箇夫容如面柳如腰　搓酥滴粉蘼香膩南國多佳麗無言已足惹魂銷那耍笑拈紅豆把人撩

廖湘廔[illegible]

夫詞之旨鶵言矣求其鍊則斤斤見斧鑿痕不失之纖即失之滯其病若免求其淸則比比言之若無物不失之率即失之柭其病若廢并此二美而無此二病者獸白石道人一人而已其鍊處若那人正睡裏飛近蛾綠（疏影）傷春似舊蕩一點春心如酒（角招）信馬青慶厺重簾下人妙飛鷩（眉嫵）之句其淸處若閒人多矣誰得似長亭對對若有情時不會得青青如此（長亭怨慢）把酒臨風不思歸厺有如此水（水龍唫）之句正如天衣無縫光豔絕倫楚雲孤飛厺留無迹淸鍊若此倘倘乎造其極矣蓋詞不鶵於鍊欲於鍊中不鍊不鍊中鍊不鶵於空欲於空中不空不空中空惟白石能逮乎是矣世鮮能師白石者求

之閨閣中㸃斟其人吾鄉宗婉生女士幼敏慧嘗寄其父詩云椿庭別後孀唫哦聊把離懷付短歌弟幼妹嬌兒自愛阿孃多病奈愁何時年猶未笄也論者以爲吾虞自道䛖夫人席佩蘭之後以女士爲詞宗焉其所爲詞凡五十一闋曰㝱湘廔詞藁集中若心情欲託春風論怕春風不到瀟湘高陽臺㝱與葉聲同墜正怵風娟娟洞庭波矣望湘人認紅豆初拈幾誤鸚哥偷嚥望湘人暈入東風春欲笑不定香痕如水壺中天之句皆絕唱也其清鍊處正得白石師法讀女士詞者宜索解於字句之間乃可得其要矣適小檀欒室主人集刻閨秀詞因志數言以歸之戊戌七夕常熟翁之廉錦芝記于鳳城僑館時

卒十七

繡餘詞

繡餘詞

繡餘詞

常熟錢念生咀綖譔

謁金門

早春

春一線幾點槑花新綻殘雪初融鶯未囀青歸楊柳眼

幾縷輕風翦翦怕煞寒生庭院依舊小麈簾半捲待

他雙鷰轉

雨中花

落花

風雨連緜不斷殘均餘香蕭亂著薏留春鶗將春縮轉

眼紅糚換　宋宋小庭飛片片花寥可憐誰管最算是

多情憐香蛺蝶猶是尋常伴

聲聲慢

送春

風風雨雨暗地相催春光到此將別欲待款留無計反增淒切東君怎不體諒促春回把人拋撇耍望裏儘銷魂只見落紅堆積　每到春歸時候便引起愁腸細絲如織杜宇聲聲不管舊時相識枝頭報春太也恁忍情了無憐惜怎似我倦傷春還戀此日

南歌子

怵雨

風急寒欺早鐙昏繡懶挑颼颼颭颭打芭蕉暗把瘦魂

鶯椒小窗寮　氣逼炑衾冷聲飜落葉飄淒涼無限此
淸宵儂沒些兒離緒乜魂消

淸平樂

題趙珊珊拚鏡捧心小影

閒愁如許心小鶼藏貯幻出絲絲飛欲去又被眉峰鎖
住　亭亭歔立階西此心試問誰知只有懷中明鏡照
伊一點情癡

蝶戀花

詠雪韻均

昨夜長空煙霧裹稟列西風暗地生寒峭冒冷推窗才
始曉千山一抹靑春老　日乍紅時陰變了料乜情多

怕損飛鸞貌傻算儂家祥瑞早階前玉對天然好

踏莎行

冬月龢均

一樣清輝許多寒氣玻璃澄徹仌輪裏近人流欲溼儂衣萬分愛惜瞑還未　光動簾珠影橫窗綺空階潑冷渾如水果然暗地約姮娥夜寒偏耐瑚闌倚

浪淘沙

冬風龢均

徹骨五更風歛聚霜濃寒帷更覺冷重重瘦竹聲聲敲不住濤湧蚪松　澹日忽朦朧煙霧輕籠封姨暗暗弄神通想是欲傳槑信息特地尋儂

點絳脣

盆槑將開以紙帳護之

出手枝高恁般細蕾寒成簇暗香生玉牢把葳蕤束最早春光又恐春光促低低囑慢些開足不許風絲觸

國香慢

本意龢均

種出空山叟鉛華洗盡別破彎闢靈根近移深院稱此幽閒況又芳馨竟體供瓷斗格外淸妍孤高問誰似楚菊疏槑伯仲之間　護蘭情脈脈問靈均去後幾度淒然從今得意合教相對忘言未許蓬蒿甘老伴佳人暗與流連盈盈小窗畔瘦影如儂越地相憐

眉嫵

殘月龢均

賸三分清影一縷寒光還又澹河漢不改如鉤樣低低挂叓闌人靜深院爲誰憑嬾嘆素娥消滅無限廿應戀三五團圓好奈容易叓換　閒算重重離怨想柳郎當日曾妙詞翰料得今魂久埀楊外曉風一樣歛遠舊情未斷待再圓休叓剖椒傻莫問盈虧同一拜了心願夫子三娶彭城氏予其季廿後半闋隱寓此意

沁園春

贈外

紉略前身君與阿儂有未了因但自慚蒲柳敢言伉儷

替司巾櫛怎許娉婷刺繡閒時唫箋寄興月底彎前聊遣情君休笑是班門弄斧媿不如卿　珠傾露洗烁汀道烁水儂神一樣淸本桃紅杏豔從來羞比鬬嬌蕩婉祇是慵聽君守淸貧妾甘澹泊舉案光鴻記廿曾低聲屬願百季偕老莫負釵荆

長相思

雨夜寄懷

山迢迢水迢迢霧過江南第幾橋尋君路更遙　醒無聊睡無聊一點愁心無計消那堪雨滴蕉

釵頭鳳

鐙下寫家書寄外

同心偶分離久自憐無日舒眉㮾欄臺角鐙彎萿聽戍

宵漏又聞街柝閣閣閣　烋涼後西風透暗愁生逼胥

支瘦衣單薄人蕭索此情誰寄倩他靈雀託託託

闌干萬里心

春雨意別

卍字小闌環曲折恰似我寸腸千結亂愁絲穌雨絲絲

盡付與鸎梭織　緑楊風裏傷離別蕒莘艹問誰憐惜

此情只有彩豪知細畫出相思切

多麗

冬夜病臥不寐倚枕賦此

聽聲聲城頭畫角哀鳴怪無端頻來枕上癆魂欲定還

驚意懸懸淒淒切切人宋宋冷冷清清寒逼羅帷風欺鐙影此時此際暗愁生更空外蕭蕭落葉穌雨灑幽庭那堪又孤鴻嘹唳似訴離情　意別離千里萬里歎幾度誤歸程病穌貧一身獸倚愁與恨兩地鶵倂如此殘季者般淒況徹宵捱遍短長更只贏得雙眸長醒弱骨瘦伶俜悲唫罷問天何意付我心靈

釵頭鳳

寄懷

臂如搦人如削無端臂褪黃金約鐙銷暈香銷爐衾兒無㝱鴈兒無信悶悶悶　秌衫薄秌風惡戚秌人被秌纏縛歸期問何時穩籤兒無據卦兒無準恨恨恨

醉粤陰

寄外

別㝱初圓風擊碎㝱醒添蕉萃一片落粤飛知道春歸知道人歸未　東君去後重門閉誰盡愁滋味差勝絮飄蕭江北江南流遍離人淚

點絳脣

寄外

嶺高雲高㝱見欲把羊城遶怪它雙櫂不送魂飛到多病多愁多恨多煩惱誰知道情田雖小長遍相思草

簪花閣詩餘

簪花閣詩餘

簪雩閣詩餘

常熟翁端恩璇華譔

賣雩聲

題葉小鸞眉子硯拓本

半彎眉子被雲遮栁乍舒芽綠窗綉罷茲頭雩還向鐙前題錦句寒逗輕紗　一片碎瓊瑕幾寸塵沙菩提明鏡本無瑕閒倚闌干重拂拭月也横斜

鳳棲梧

自題梧館吟秌圖

泠泠何處秌聲起欲問秌聲只在桐陰裏風定夫容香十里烹茶喚起嬌慵婢　把卷論文人有幾還是芭蕉

解得儂心意不合讀書明眼底添將多少愁滋味

臺城路

桃𩂯莊春望

春徧江南風細細正是嫩寒天氣燕子銜泥提壺喚雨十里輭紅塵滓袷衣初試看波綠粼粼野鷗乍起一路桃𩂯淺潑紅到半山裏　回憶嶺南舊地有萬枝香雪月明如洗沽酒橋邊采桑郵外一樣嫣紅姹紫春光無改歎廿載浮蹤鬢絲添矣它日來遊谿上桃𩂯開還未

望江南

春日苦雨

春光好楊柳畫廔酉帘外鸚哥初解語欄前燕子乍銜

泥風雨又淒淒
春光好桃李半開時倦倚繡牀添弱綫閒抛書卷寫新
詞可惜雨如絲
雙調望江南
夏餅湖俗夏至日摘鮮麥芽製餅以餽親友
春光暮夏至一陰旋麥隴風來香細細炊煙何處識紅
蓮子細與君看　玲瓏式月影恰團圞纖手搓來形似
玉銀刀擘處氣如蘭珍重勸加餐
金縷曲
題汪小珊水部六橋煙雨圖
卅里湖邊路帶長隄紅橋曲折綠楊無數雲隔煙迷人

跡遠只有青山當戶曾繫艇鷗波潑處淥水粼粼濃似
染最銷魂幾陣疏疏雨萍萬點椒還聚　酒痕記取襟
前句看新詩裏中一卷吳歈初譜多少長洲荒苑柳依
舊春風眉嫵可還似鹵泠煙樹佳境莫生分別想證前
修一例天堂住輭塵影謾迴顧

疏影

自題種菊補籬圖

卜居幽歎喜荒園小小遙隔塵俗桃柳偃瞑斷澗積垣
幾番曾費修築一壺尚有容身地況占得數椽老屋謾
思量魏紫姚黃守繁莫如種菊　分得鄰家佳種輕持
碭蕭太籬畔細劚摘藥煎茶猶勝餐服日采幽香盈掬

烌潑開到黃雩候看麀哏補來曲曲歎浮蹤歲月頻移
倚徧閒迮修竹

惜分飛

寄衣

䁝見枝頭楳蘂嫖憖到眉峰寸寸何處磓聲恨叜無言
語中心悶　金翦裁成添弱綫又把吳緜細選寄與郎
如見休論縑緀同貧賤

烌夜月

咸豐癸丑春寓𡵂林薄遊湖上宿翠欲滴烓波
漾空此來吳門居同貫廡緬褱勝景追維墜歡
山色湖光付之寱想而已今季烌外子自杭攜

來陳琴齋廣文月舲雙咲圖屬題圖爲道光丁
酉秌試時事時與王夫人寓詁經精舍閱今幾
二十秊矣鷗波如故吳軒不來而端恩僑居於
斯亦復轉徙無常不能持久然則良辰勝賞固
有數焉存乎其閒耶不揣蕪陋爲填此闋且寄
聲夫人爲異日相見之資焉時乙亦七月
仌輪遥挂碧沈沈楊柳岈烼光如畫一櫂煙波渡入片
帆經御展吟榭休負了良宵無價簫聲漸咽銀河高瀉
詞人瀟灑扣舷歌羅襄薄雲鬟低亞翦燭還成雙影
幽情難寫憑私燭姮娥道清輝常借人閒天上季季今
夜

菩薩蠻

乍來領略愁滋味間愁萬斛憑誰慰分付與東風黃粱一寤中　芭蕉心不展脈脈情何限耐得五更寒香殘燭也殘

前調

青楳纍纍枝頭結狂風忽爾頻吹折顦顇惜韶光看它蜂蝶忙　魚書誰可遞悄悵眞無計望斷楚雲遙還憐形影凋

十六字令 分題作

星銀漢鹵斜點點明流螢過一樣照空莛 楞

雲薄似輕羅翦水紋微皺處新月露眉痕 璇

谿欸乃聲聲泛綠漪桃源路前度可曾迷 楞

山曉起開門雪裏看蒼松影裏點翠雲鬟 璇

歡久別方知會面難今宵歡傾盞徑須乾 楞

熄細雨黃昏獸倚屢無情緒隨又上眉頭 璇

奐織水梭痕約略如從流上傳得故人書 楞

蟲露冷階前泣曉風淒淒語商略過殘冬 璇

調笑令

人靜人靜隱有窗前棵影羅幃生怕春寒忘卻三更月

殘殘月殘月可似昨宵清幽

謁金門

題汪小珊繡蜨奩詞鈔鳳城集

長安道好景最饒春曉一樹丁香雩窈窕耍聽佳客到
落葉辭枝偏早別有傷秌襄哀憑與鍾期賡曲調知
音從古少

歸田樂

又題渡江詞

旗亭唱罷賡酬句吟到邗江煙樹山色與波光都爲行
裝彩豪助　金焦兩點看飛渡遠浦忽驚鷗鷺風飽一
帆懸蒓羹鱸膾人歸去

錦堂春

又題蘭笙集

鳥報欄前姓好人看陌上春還娑羅雩發題新句佳景

在壺天　蕉葉偶書錦字蘭饈恰做華筵紅牙譜出千
烁歲月影正團圓

行香子

絮撲成煙荷小浮錢燕歸梁輭語纏緜酒醒鴛枕詩寄
奐樠望山重重雲澹澹月娟娟　雩影池邊人影簾前
數更籌獃倚闌干欲將心事訴與青天是一分悲三分
恨十分酸

江城楳雩引

題士女調鸚鵡圖

又搖紈扇脫㕦緜惱人天困人天孏倚繡牀獃自理雩
鈿䄣色青青春色厺睡難穩傍闌干到月殘　月殘月

殘墮雲鬟孎乍彈香乍爇小院寂寞水檻外鸚鵡驚寒低語琱籠咋夜㝱初闌喚起玉人釵影墜調慧舌說無聊醒倦瞑

娑羅門令

汪氏壺園看娑羅粤即席贈潘夫人

榮陽第佛香親種平陽第又山房親種先是三松老人手植娑羅粤圖名道院佛香此本乃向君家鐵芸蘸綠山房移得者分得靈根粤瓷斗宜清供敷嫩蔭滿院鬘雲擁　孤松畔靈石縫簇綠英邀得祥禽哢嘉名比似優曇鉢棠棣館更交讓稱頌旃檀馥郁貝葉萋菶開了酴醾異本端藉禪天送來藉東皇寵

望江南

秦淮月久羨畫圖中處處虜臺歌落日家家莚院泣烁風宋寞古行宮

秦淮月一片可憐生荒艸斜倚蕭寺碧㦖陽空照蔣山青流水繞孤城

秦淮月顛頹惜芳辰玉樹歌殘南部曲金鈕吹槭秣陵春屈指歲戛頻

秦淮月望斷楚雲低生怕風高多鬼語還驚潮落有鬪啀嗁殺畫虜鹵

鳳皇臺上憶吹簫

題管夫人書璇璣圖墨刻

薄孔心多蓮房薏苦絲絲織出千篇恨州裏難逰倩彼

奐傳贏得香車遠迓鈿魂是會面它季還疑寤不因棄
瑯邪得團圓　姍姍幽棲居士細繹徧迴波忒煞纏綿
叓水晶宮畔佳耦如儷添出簪粤妙筆銀鉤體濡染雲
樹從頭數古來幾多淑媛新編

疏影

種菊補籬圖爲癸丑春瀕行所繪旋移吳門忽
忽八年矣歲庚申粤匪肆擾江南連城迭陷倉
皇轉徙不一其地後卒渡江而北卜居通州之
張芝山俗多編籬爲垣者時舟檝屢移衣裝半
失檢篋而是圖巋存展對之餘恍然如隔世事
惟瀕海風腥地不宜菊較諸吳江楓落風景又

姝矣愴然感裹再填此闋

窮非我獸歎流離異地難問姝俗海曲荒陬彈指慶臺行窩誰與興築卜鄰不隔東鹵路也只好稱貞缩屋等閒過風雨重陽但惜有籬無菊　比似長沙卑溼韓康今日至茯苓新劚時吳門汪枚生新至卜鄰素精醫學市遠盤飧減竈叟炊膹有寒泉堪掬芭蕉雨滴淒涼語卻添得迴腸屈曲知明年又在何方謾葺黃岡慶竹

賣雩聲

題藏墨山房

竹屋紙明窗聊可支牀小亭一角繞長廊曲曲層臺如雁齒合種雩王　艸綠滿逛芳亞字紅墻碧桃謝卻桂

枝香可惜梧桐新雨後少箇池塘

蜨戀雩

藏墨山房丁香雩盛開爲塡此闋

老榦槎枒枝葉茂待得雩開雩比人還瘦欲折一枝香在手最憐碎朵盈羅褎　細雨春風吹不透簾內書聲簾底鐙如豆咲對雩神酬斗酒明年可似今年否

滿江紅

江陰季僊九尙書沒於崇川側室吳氏呑金以殉

蕎地波瀾擲碎了蔆雩圓月傷心處白楊衰艸轜車臨穴歌舞尊前歡癟短緐華鏡裏浮漚閱儘纏緜願結再

生盟孤衷潔　巾幗女多奇節拚絕命黃金屑歎珠沈
雩謝九迴腸折慷慨難忘斑竹恨亂離豈戀紅塵徵聽
夜深愁雨灑空階香魂冽

醉雩陰

紫薇雩

虛白堂前傳異種紫綬曾邀寵斜月上簾鉤淺碧籠煙
幾處涼初送　柔姿羞藉東皇重溽暑宜清供莫道不
如春色比穠桃瘦與黃雩共

金縷曲

閆中炑作

信嫩非吾土咲浮家等閒再值艮宵三五深院木犀香

已謝漸惜爍光欲暮祇碎菊籬邊方吐謾道井梧添葉好怕羇愁添得心尤苦榮頼感向誰誶　紀時今日逢寒露檢巾箱吳緜已罄故衣重補青女素娥還耐冷下界塵凡莫數恰圓魄重開顧兔琴月盈盈同説餅算鄉風猶是江南路何處問舊皋廡

生查子

留别藏墨山房

天爲闢名園留我三秊住來歲牡丹時我又辭巢去雩廿太多情似共離人語燕子若歸來莫叓和春駐

鏁窗寒

雪夜裹諸兄弟

昨夜輕寒開簾瞥見玉龍迴舞飛雰糝徑朵朵攲時還聚短籬邊冷楳吐芬曲廊緩步殊增趣似故鄉風景修篁斜倚遥天將暮　誰語離情緒記詠雪閒廷圍鑪覓句韶華易改雁影分飛幾度到春來棠棣半開天涯坐惜修程阻艱頻季戍鼓常驚極目燕臺樹

望江南

題劉彥清農部古紅楳閣圖

紅楳閣殿直昔幽棲逋老卻輸僊眷挈侍兒曾記小名題曲巷在橋卤

紅楳閣小住愜平生詞客綵豪工覓句娥人黃土倚多情寱也忒分明

紅楳閣畫裏喚眞眞棐几添香清宵均珮闌倚裛淨無塵古豔此傳神

紅楳閣往事與誰談響屧不堪尋舊徑桃零并恐失空庵何處望江南

疏影

庚申冬自通州移泰州僦屋戈氏之藏墨山房舊有園亭小景惟餘地苦少藝菊不蕃耳同治癸亥外就清河崇實書院主講院燬於賊漕帥盱眙吳公購黃氏廢宅葺之講舍後有屋數楹復徙寓焉旁爲園頗寬曠蒔菊爲宜三疊前調仍題種菊補籬圖後

靈光畱獸記纔經劫火一洗澆俗往日亭臺講舍新移老圃勞宅重築飄蕭我是無家客幸庇廈何妨葺屋待殿春花事闌時分取半弓蒔菊　連歲吳陵小住長鑱躬託命園蔬自劚欲乞淮王殘藥分嘗安得刀圭盈掬江南烽火連天地已歷徧羊腸九曲知何時眞息勞蹤咲問平安修竹

如夢令

雪霽小園採楳

曉日半窗甡昭積雪滿逕寒峭呵手試新妝嫞把眉痕重埽休咲休咲爲採小園楳早

花非花

霧淞

初疑霜復疑霧玉屑霏金葩吐東風吹得十分勻開徧棃雲千萬樹

金縷曲

題李宛湘夫人雲陰繞步遺照

何處烋聲早碧沈沈梧桐樹底媆涼初報覓句不妨芳徑滑蹋遍閒莎細草漸月影枝頭斜照叢桂小山留不住恨無端偏鼓南風櫂琴均歌鑪煙裊　偲人見說瑤臺好瞥紅塵縹鸞飛去佩環聲杳札札鳴機鐙火夜猶寄相思遠道今只賸蕭煙殘稾逝水年華驚易改認丰姿畫裏容仍渺追往事淚多少

御街行

題吳春海太史鴻恩歲寒登岱圖

朔風峭勁嚴冬節，泰岱頂，行蹤絕。有人杖策獸尋幽，不管天門溪鐍。茲遊突過，昌黎登華，書與家人別。　一編岱覽難周列，擇勝處，新圖揭。云亭封禪久無書，誰識相如才傑。逛闉眷戀，觚棱回首，自記輪蹏轍。

傳古樓景印